Kathrin

Richard Paul Evans

Die wundersame Schatulle

Richard Paul Evans

Die wundersame Schatulle

Deutsch von
Anke Caroline Burger

BLANVALET

Die amerikanische Originalausgabe
erschien unter dem Titel »The Christmas Box«
bei Steinway Publishing Company, Salt Lake City
Die Neuausgabe erschien 1995
bei Simon & Schuster Inc., New York

Umwelthinweis:
Dieses Buch und der Schutzumschlag
wurden auf chlorfrei gebleichtem Papier gedruckt.
Die Einschrumpffolie (zum Schutz vor Verschmutzung)
ist aus umweltschonender und recyclingfähiger PE-Folie.

Der Blanvalet Verlag
ist ein Unternehmen der Verlagsgruppe Bertelsmann

1. Auflage

Printed in Germany · Presse-Druck Augsburg
ISBN 3-7645-0010-7

Für Sue

»Halt die Welt an, kleines Mädchen,
damit sie auf mich wartet.«

Natalie Merchant

Das Haus der Witwe

Vielleicht werde ich langsam zu alt für diese Welt; mag sein, daß ich schon mehr Worte gemacht habe, als mir zustehen, und ich meine geduldigen Zuhörer allmählich zu langweilen beginne. Oder ich bin einfach eines skeptischen Zeitalters überdrüssig geworden, das an meiner Geschichte herumbohrt und herumschnibbelt wie ein Biologieschüler an einem betäubten Frosch: Er sucht solange nach den Gesetzen des Lebens, bis das arme Geschöpf am Ende tot vor ihm liegt. Wie auch immer, es kommt mir so vor, daß mit jeder Weihnacht die Geschichte von der Weihnachtsschatulle seltener erzählt wird, obwohl wir sie immer dringender bräuchten. Daher schreibe ich sie jetzt für alle künftigen Generationen auf, mögen diese sie annehmen oder ablehnen, ganz wie ihnen beliebt. Ich jedenfalls glaube an sie. Denn im Grunde ist sie auch meine Geschichte.

Meine romantischen Freunde, besonders die, die an den Weihnachtsmann glauben, haben die Vermutung angestellt, daß die verzierte braune Weihnachtsschatulle von Knecht Ruprecht höchstpersönlich gefertigt worden sei, und zwar aus dem Stamm des allerersten Weihnachtsbaumes, der vor langer, langer Zeit aus dem kalten Dezemberschnee ins Haus geholt wurde. Andere glauben, sie sei kunstvoll aus jenem harten Holz geschnitzt, an dem uns Christus, der Herr des Weihnachtsfestes, einst gezeigt hatte, wie sehr er die Menschen liebt. Meine Frau Keri behauptet, der Zauber der Schatulle habe nichts mit ihrer äußeren Beschaffenheit zu tun, sondern einzig mit ihrem früheren Inhalt, der unter dem mit palmenförmigen Messingscharnieren und silbernen Schlössern befestigten Deckel verborgen lag. Doch woher der Zauber auch rühren mag, für mich wird es immer die Leere der Schatulle sein, die mir am meisten bedeutet, und die Erinnerung an jene Adventszeit, als die Weihnachtsschatulle zu mir fand.

*

Ich bin im Schatten der schneebedeckten Wasatch-Berge am Osthang des Salt Lake Valley geboren und aufgewachsen. Zwei Monate vor meinem vierzehnten Geburtstag verlor mein Vater seinen Job, und mit der Aussicht auf eine neue Stelle verkauften wir unser Haus und zogen in die wärmeren und wohlhabenderen Gefilde Südkaliforniens. Tief enttäuscht sah ich dort einer grünen Weihnacht mit ungefähr derselben religiösen Inbrunst entgegen wie die Einzelhändler am Ort. Abgesehen von einem flüchtigen Moment des Ruhms als Hauptdarsteller in einem Schülermusical verlief meine Jugend ereignislos und war nur für mich selbst von Bedeutung. Nach der High-School ging ich aufs College, um mich auf das Berufsleben vorzubereiten, und lernte dabei mit der Zeit das Leben selber kennen; ich traf, umwarb und heiratete Keri, eine braunäugige Designstudentin, und keine fünfzehn Monate nach unserer Hochzeit brachte sie ein sechseinhalb Pfund schweres Mädchen auf die Welt, das wir Jenna nannten.

Keri und ich machten uns nicht viel aus dem hektischen Großstadtleben, und als wir wenige Wochen vor dem Examen die Möglichkeit bekamen, in meinem Heimatort ein Geschäft aufzumachen, packten wir die Gelegenheit beim Schopfe und kehrten zur klaren Luft und den weißen Wintern daheim zurück. Bis auf einen kleinen Rest hatten wir alle Ersparnisse in unsere neue Existenz gesteckt, und da die anfänglichen Einnahmen zwar verheißungsvoll, aber alles andere als üppig waren, lernten wir, sparsam und genügsam zu leben. Keri besaß eine wahre Begabung, aus Wenigem viel zu machen, und so fühlten wir nur selten das Ausmaß unserer Geldnot. Abgesehen von unserem Wohnungsproblem. Wir drei brauchten einfach mehr Platz, als die winzige Zweizimmerwohnung bot. Das kleine Gitterbett, das wir der Not gehorchend immer noch in Gebrauch hatten, obwohl unser »Baby« mittlerweile schon fast vier war, paßte kaum in unser Schlafzimmer: Es blieben keine zwei Fingerbreit Platz zwischen ihm und unserem Bett, das selbst schon dicht an der Wand stand. In der Küche sah es nicht besser aus. Sie war vollgestopft mit Jennas Spielkiste, Keris Nähmaschine und gestapelten Kartons mit Konservenbüchsen.

Wir witzelten, daß Keri gleichzeitig Kleider nähen und Essen kochen könne, ohne vom Stuhl aufzustehen. Die bedrückende Enge in unserem Haushalt hatte sieben Wochen vor Weihnachten ein kritisches Stadium erreicht, und so waren wir recht gereizt, als die Geschichte mit der Weihnachtsschatulle begann. Wir saßen am Frühstückstisch in unserem kleinen Apartment, bei Spiegeleiern, Toast und Orangensaft.

»Schau mal«, sagte Keri und schob mir die Seite mit den Kleinanzeigen hin.

Ältere Dame mit großem Haus in
den Avenues sucht Ehepaar,
das ihr beim Kochen, im Haushalt
und bei der Gartenarbeit hilft.
Eigene Wohnung im Haus wird gestellt.
An Sonn- und Feiertagen frei.
Kinder willkommen.
445-3989. Mrs. Parkin

Ich blickte von der Zeitung auf.

»Was hältst du davon?« fragte sie. »Es ist in den Avenues und muß wohl groß sein. Bis zum Laden ist es nicht weit, und mir würde das alles wirklich keine Umstände machen. Was ist schon dabei, ob man für eine Person mehr oder weniger kocht und wäscht?« Das war eine rhetorische Frage. Sie langte über den Tisch und nahm einen Bissen von meinem Toast. »Du bist abends doch sowieso meistens nicht zu Hause.«

Ich lehnte mich zurück und dachte nach.

»Hört sich nicht schlecht an«, sagte ich zögernd. »Aber man weiß natürlich nie, worauf man sich da einläßt. Mein Bruder Mark hat mal bei so einem alten Mann im Souterrain gewohnt. Der riß Mark regelmäßig mitten in der Nacht mit seinem Gebrüll aus dem Schlaf. Es war wegen seiner Frau, die schon seit fast zwanzig Jahren tot war. Mark hat er damit zu Tode erschreckt. Am Ende hat Mark sich fluchtartig davongemacht.«

Keri sah mich ungläubig an.

»Aber immerhin steht in der Annonce ja was von eigener Wohnung drin«, lenkte ich ein.

»Jedenfalls werden unsere Heizungskosten in dieser zugigen Wohnung ziemlich in die Höhe gehen, jetzt, wo der Winter kommt, und ich habe keine Ahnung, wo ich das zusätzliche Geld hernehmen soll. So könnten wir wenigstens etwas Geld beiseite legen«, meinte Keri.

Es war aussichtslos, dagegen etwas einzuwenden, und im Grunde wollte ich es auch nicht. Wie Keri wünschte ich mir nichts sehnlicher, als endlich aus dieser engen und kalten Wohnung rauszukommen, in der wir damals lebten. Kurze Zeit später war Keri am Telefon, um herauszufinden, ob die Wohnung noch frei sei, und als sie erfuhr, daß das der Fall war, verabredete sie gleich für denselben Abend einen Termin mit der Eigentümerin. Ich schaffte es, früher von der Arbeit heimzukommen. Keri hatte sich von einem Nachbarn den Weg beschreiben lassen, und so fuhren wir durch die festlich beleuchtete Innenstadt und weiter die von Bäumen gesäumten Straßen entlang, die die Hügel hinauf zu den Avenues führten.

Das Parkinsche Haus entpuppte sich als eine prächtige viktorianische Villa. Sie war mit rotem Holz verkleidet und hatte verspielte Holzverzierungen in Cremeweiß und Himbeerrot und dunkelgrüne Dachschindeln. An der Westseite des Hauses stützte ein rundes Erkerfenster einen breiten Balkon im ersten Stock, der auf den Vorgarten hinausging. Der Balkon, wie auch die Veranda im Erdgeschoß, zog sich um das Haus herum und wurde von großen, raffiniert gedrechselten Stützpfeilern mit blattgoldverkleideten Kapitellen gestützt. Das Holz war frisch gestrichen und erstklassig in Schuß. In der Mitte des Hauses erhob sich ein dicker, gemauerter Schornstein zwischen schmiedeeisernen Turmspitzen, die als Zierde in die Höhe ragten. Ein feines Gitter, an einzelnen Stellen hinter sorgfältig gestutzten, immergrünen Büschen verborgen, überzog den Sockel des Hauses. Eine Auffahrt aus Kopfsteinpflaster wand sich zum Eingang des Hauses, wo sie einen Bogen um einen schwarzen Marmorbrunnen beschrieb, der jetzt mit Eis überzogen und von einer schneebedeckten Stützmauer umgeben war.

Ich stellte den Wagen vor dem Portal ab, und wir stiegen die Treppe zur doppelflügligen Haustür empor. In die wunderschön geschnitzten Türen waren Glasscheiben mit zart gravierten Blumenmustern eingelassen. Ich klingelte, und ein Mann öffnete die Tür.

»Guten Abend, Sie müssen die Familie Evans sein.«

»Die sind wir«, bestätigte ich.

»MaryAnne erwartet Sie, bitte treten Sie doch ein.«

Wir gingen durch die Haustür und dann durch ein zweites Paar Türen von derselben Pracht, die sich auf die marmorne Eingangshalle des Hauses öffneten. Ich finde, daß alten Häusern immer ein ganz bestimmter Geruch zu eigen ist, der oft nicht besonders angenehm, dafür aber unverwechselbar ist.

Mit dieser Villa verhielt es sich nicht anders, auch wenn sie nach einer einigermaßen angenehmen Mischung aus Zimt und Lampenöl roch. Wir gingen einen breiten Korridor mit verputzten Wänden entlang. Öllampen, jetzt mit Glühbirnen versehen, säumten die Wände und tauchten den Flur auf seiner gesamten Länge in ein gedämpftes Licht.

»MaryAnne ist im hinteren Salon«, sagte der Mann.

Der Salon lag am Ende des Korridors, von

wo man ihn durch einen kunstvoll gearbeiteten Kirschholz-Türrahmen betrat. Als wir in den Raum gelangten, begrüßte uns eine gutaussehende, silberhaarige Dame mit überschwenglicher Freundlichkeit. Sie saß hinter einem runden Rosenholztisch, in den eine Marmorplatte eingelassen war. Ihre Kleidung schien sich dem üppigen Rokokodekor, das sie umgab, anzupassen.

»Guten Abend«, sagte sie. »Ich bin Mary-Anne Parkin. Ich freue mich, daß Sie gekommen sind. Bitte nehmen Sie doch Platz.« Wir setzten uns um den Tisch, völlig überwältigt von der Schönheit und Erlesenheit des Raums.

»Möchten Sie vielleicht einen Pfefferminztee?« fragte sie. Vor ihr stand ein Teeservice aus getriebenem Silber. Die Teekanne war birnenförmig, und ihren Sterlingleib zierten feine Vogelfedern, die darin eingraviert waren. Die Tülle ahmte die anmutigen Kurven eines Kranichhalses nach und endete in einem Vogelschnabel.

»Nein, danke«, erwiderte ich.

»Ich nehme gern etwas Tee«, sagte Keri.

Sie reichte Keri eine Tasse und füllte sie bis zum Rand. Keri dankte ihr.

»Sind Sie aus Salt Lake City?« fragte die alte Dame.

»Ich bin hier geboren und aufgewachsen«, antwortete ich. »Aber wir sind vor kurzem erst aus Kalifornien hierhergezogen.«

»Mein Mann war aus Kalifornien«, sagte sie. »Aus der Nähe von Santa Rosa.« Sie suchte in unseren Augen nach einem Ausdruck des Wiedererkennens. »Na ja, er ist nicht mehr unter uns. Er ist schon vor fast vierzehn Jahren verschieden.«

»Das tut uns leid«, sagte Keri höflich.

»Ist schon recht«, sagte sie. »Vierzehn Jahre sind eine lange Zeit. Ich habe mich ganz gut an das Alleinsein gewöhnt.« Sie setzte ihre Tasse ab und richtete sich in dem Ohrensessel aus Plüsch auf.

»Bevor wir mit dem Vorstellungsgespräch beginnen, möchte ich Ihnen gerne erläutern, wie unser Arrangement aussehen soll. Es gibt einige Punkte, auf denen ich leider bestehen muß. Ich brauche jemanden, der mir die Mahlzeiten zubereitet. Sie haben eine Familie, also nehme ich mal an, daß Sie auch kochen können.« Keri nickte. »Ich frühstücke nicht, aber ich erwarte, daß ein leichtes Mittagessen um elf Uhr serviert wird, und das Abendessen um sechs. Meine Wäsche sollte zweimal in der Woche gewaschen werden, vorzugsweise dienstags und freitags, und die Bettwäsche sollte mindestens einmal pro Woche gewechselt werden. Die Waschküche steht Ihnen ansonsten jederzeit zur Verfügung, um Ihre eigene Wäsche zu waschen. Was den Garten anbelangt«, sagte sie und sah mich an, »der Rasen muß einmal in der Woche gemäht werden, außer im Winter natürlich. Wenn Schnee liegt, müssen die Wege, die Auffahrt und die hintere Veranda freigeschaufelt und gestreut werden, je nach Wetterlage. Für die restliche Garten- und Hausarbeit lasse ich jemanden kommen, so daß hier Ihre Mithilfe nicht vonnöten wäre. Für Ihre Dienste stände Ihnen der gesamte Ostflügel als Wohnung frei zur Verfügung. Ich trage die Kosten für Heizung und Strom sowie für alle anderen Nebenkosten. Das einzige, was von Ihnen verlangt wird, ist, die erwähnten Aufgaben zu erfüllen. Wenn Sie mit diesem Arrangement einverstanden sind, können wir fortfahren.«

Wir nickten beide.

»Schön. Wenn es Ihnen nichts ausmacht, würde ich Ihnen jetzt gerne einige Fragen stellen.«

»Nein, das macht uns gar nichts aus«, sagte Keri.

»Dann fangen wir mal an.« Sie setzte eine silbergerahmte Lesebrille auf, nahm eine kurze handgeschriebene Liste vom Tisch und begann mit der Befragung.

»Raucht einer von Ihnen?«

»Nein«, sagte Keri.

»Schön. Rauchen ist im Haus auch nicht erlaubt. Es ruiniert die Gardinen. Trinken Sie viel Alkohol?« Sie schaute auf mich.

»Nein«, erwiderte ich.

»Haben Sie Kinder?«

»Ja, eins. Sie ist fast vier«, sagte Keri.

»Wundervoll. Die Kleine ist überall im Hause willkommen, außer in diesem Zimmer. Ich hätte einfach zuviel Angst um mein

Porzellan«, sagte sie und lächelte freundlich. Hinter ihr konnte ich eine fünfstöckige Etagere erkennen; jede Stufe zierte eine Porzellanfigurine. Sie fuhr fort. »Haben Sie eine Vorliebe für laute Musik?« Wieder blickte sie in meine Richtung.

»Nein«, antwortete ich wahrheitsgemäß. Ich faßte das eher als Warnung denn als Bedingung für ein friedliches Zusammenleben auf.

»Und wie sehen Ihre gegenwärtigen Lebensumstände aus?«

»Ich habe vor noch nicht allzu langer Zeit mein Examen in Betriebswirtschaft gemacht. Danach sind wir nach Salt Lake City gezogen und haben hier einen Verleih für Abendbekleidung eröffnet.«

»Für Smokings und Fräcke?« fragte sie.

»Genau.«

Sie notierte das im Geiste und nickte.

«Und Referenzen?» Sie schaute über den Rand ihrer Lesebrille hinweg. «Verfügen Sie über Referenzen?»

«Ja. Sie können sich mit diesen Leuten in Verbindung setzen», sagte Keri und reichte ihr eine handschriftliche Liste ehemaliger Vermieter und Arbeitgeber. Sie studierte die Liste eingehend und legte sie dann auf das Beistelltischchen, offensichtlich beeindruckt von unseren Vorbereitungen. Sie sah auf und lächelte.

«Sehr gut. Wenn Ihre Referenzen sich als zufriedenstellend erweisen, denke ich, daß wir zu einer Einigung gelangen können. Ich halte es für das Beste, wenn wir mit einer fünfundvierzigtägigen Probezeit beginnen, nach deren Ablauf wir sehen, ob die Situation für beide Seiten befriedigend ist. Halten Sie dies für einen vernünftigen Vorschlag?«

»Jawohl, Ma'am«, antwortete ich

»Sie dürfen mich ruhig Mary nennen. Ich heiße MaryAnne, aber meine Freunde nennen mich Mary.«

»Vielen Dank, Mary.«

»Jetzt habe ich die ganze Zeit geredet – haben Sie noch Fragen, die ich beantworten könnte?«

»Wir würden gerne die Wohnung sehen«, sagte Keri.

»Selbstverständlich. Sie ist oben im Ostflügel. Steve wird Sie hinaufführen. Sie ist nicht abgeschlossen. Meiner Ansicht nach sind die Zimmer ganz geschmackvoll eingerichtet.«

»Wir haben ein paar eigene Möbel«, sagte ich. »Gibt es einen Lagerraum, wo wir sie unterstellen könnten?«

»Der Eingang zum Dachboden ist am Ende des Flurs im ersten Stock. Dort oben wären Ihre Dinge sehr gut untergebracht«, erwiderte sie.

Ich nahm mir einen Kräcker von dem silbernen Tablett. »War das Ihr Sohn, der uns die Tür geöffnet hat?« fragte ich.

Sie trank noch einen Schluck Pfefferminztee. »Nein. Ich habe keine Kinder. Steve ist ein alter Bekannter und Nachbar. Ich stelle ihn von Zeit zu Zeit an, um das Haus instandzuhalten.«

Sie machte eine nachdenkliche Pause, um einen weiteren Schluck Tee zu trinken, und wechselte das Thema. »Wann könnten Sie einziehen?«

»Wir haben eine zweiwöchige Kündigungsfrist, aber wir könnten auch schon früher einziehen«, sagte ich.

»Hervorragend. Es wäre schön, über die Feiertage jemanden im Haus zu haben.«

Die Weihnachtsschatulle

Es liegt mir fern, mich in eine langatmige oder frömmelnde Abhandlung zu stürzen und näher auf die Bedeutung einzugehen, die die Schatulle seit jeher für die Menschheit besitzt – so berechtigt diese Ausführungen auch wären. Aber da solch ein Gegenstand nun einmal eine wichtige Rolle in unserer Geschichte spielt, bitte ich um Nachsicht für meine Abschweifungen. Von den Schmuckkassetten aus dem Orient mit ihren Einlegearbeiten aus Jade und Koralle bis hin zu den schmucklosen Häusern der ersten deutschen Einwanderer in Amerika, die »Salzkisten« genannt wurden, haben Schatullen und Kisten über alle Kulturen und Grenzen hinweg die Menschen von alters her fasziniert. Da sind die Zigarrenkiste, die Schnupftabakdose, die Geldkassette. Es gibt Schmuckschatullen, die reicher verziert sind als die Schätze, die sie enthalten, es gibt den Eisschrank und die Kerzenschachtel. Schrankkoffer und lange, rechteckige Truhen, über die eine Kuhhaut straff gespannt und mit Messingnieten am Holzrahmen festgenagelt ist. Es gibt Eichenkisten, Silberkästchen, zum Entzücken der Damen Hutschachteln und Schuhkartons, und zur Freude aller Schlekkermäulchen Pralinenschachteln. Das menschliche Dasein kreist geradezu um die Kiste: angefangen mit jenem offenen Kasten, den wir Wiege nennen, bis zum Sarg – die Kiste ist unsere Vergangenheit und, nicht minder gewiß, unsere Zukunft. Es braucht uns daher nicht zu wundern, daß die Kiste auch in der ursprünglichen Weihnachtsgeschichte eine große Rolle spielt. So nahm das Weihnachtsfest seinen Anfang in einer armseligen, mit Heu gefüllten Holzkiste, der Krippe. Die drei Weisen, die von weither gekommen waren, um den neugeborenen König zu sehen, legten dem kleinen Heiland Schatzkästchen zu Füßen. Und am Ende, als Er uns mit Seinem Blut von unseren Sünden erlöst hatte, wurde der Herr der Weihnacht in eine steinerne Kiste gelegt. Es paßt nur zu gut, daß wir überall in der Welt jedes Jahr zu Weihnachten bunte Pakete unter den Weihnachtsbaum legen. Aber vielleicht noch wichtiger ist, daß ich durch eine kleine Kiste, eine Schatulle, den wahren Sinn des Weihnachtsfestes erst richtig verstanden habe.

*

Wir beschlossen, uns so bald wie möglich in dem neuen Haus einzurichten. Also lieh ich mir am folgenden Samstag einen Kleinlaster von der Firma, und mein Schwager Barry, der einzige Verwandte, der im Umkreis von zweihundert Meilen wohnte, kam, um uns beim Umzug zu helfen. Wir zwei schleppten die Sachen nach draußen zum Wagen, während Keri Geschirr in Zeitungspapier wickelte und es in Kartons verpackte. Jenna spielte zufrieden im Wohnzimmer, ohne dem allmählichen Verschwinden unseres Hab und Guts Beachtung zu schenken. Wir konnten das meiste unseres Besitzes, der sowieso nicht besonders riesig war, im Kleinlaster unterbringen. Die restlichen Kartons wurden in unserem Plymouth verstaut – einem ausladenden Straßenkreuzer in Pink und Chrom mit anmutigen Rundungen, majestätischen Heckflossen und einem Kühlergrill, der an ein breites, zähnebleckendes Grinsen erinnerte.

Als wir die gesamte Wohnung ausgeräumt hatten, quetschten wir vier uns in die schwerbeladenen Gefährte und fuhren zusammen zu unserem neuen Wohnsitz in den Avenues. Ich stellte das Auto auf der Straße ab und traf Barry in der Auffahrt.

»Park ihn einfach rückwärts ein«, schrie ich und gab ihm Handzeichen. Barry fuhr im Rückwärtsgang bis an die Rückseite des Hauses, zog die Handbremse und sprang heraus.

»Ihr zieht in eine Villa?« fragte er neidisch.

»Deine blaublütige Schwester hat sie entdeckt«, gab ich zurück.

Ich ließ die Klappe an der Ladefläche herunter, während Barry die Verschnürungen aufknotete, mit denen wir die Zeltplane zum Schutz unserer Fracht befestigt hatten.

»Hier, hilf mir mal mit dieser Korbtruhe. Die tragen wir gleich nach oben auf den Dachboden.« Barry umfaßte den Griff auf der anderen Seite der Truhe, und wir wuchteten sie von der Ladefläche herunter.

»Nur eine Menschenseele wohnt in diesem Haus?« fragte er.

»Jetzt vier, wenn man uns drei dazuzählt«, antwortete ich.

»Wenn sie soviel Platz hat, warum zieht dann ihre Familie nicht bei ihr ein?«

»Sie hat keine Familie. Ihr Mann ist tot, und sie hat keine Kinder.«

Barry betrachtete die reichverzierte viktorianische Fassade. »So ein Haus wie dieses hat bestimmt viel Geschichte«, sagte er nachdenklich.

Wir trugen die Truhe die Außentreppe hoch, durch die Küche hindurch, den Gang entlang und dann die Treppe zum Dachboden empor. Oben stellten wir sie am Treppenabsatz ab, um zu verschnaufen.

»Wahrscheinlich schaffen wir hier besser erst mal etwas Platz, bevor wir die restlichen Sachen hochtragen«, schlug Barry vor.

Ich stimmte zu. »Laß uns dahinten an der Wand eine Fläche freimachen, dann können wir all unsere Sachen auf einem Fleck verstauen.« Und so begannen wir damit, den Dachboden umzuräumen.

»Ich dachte, du hättest gesagt, sie hätte keine Kinder«, meinte Barry.

»Hat sie auch nicht«, erwiderte ich.

»Warum steht dann eine Wiege hier oben rum?« Barry stand neben einem staubigen, ausgebreiteten Tuch, das die Form einer darunter verborgenen Wiege erahnen ließ.

»Vielleicht bewahrt sie sie für jemand auf«, sagte ich.

Ich hob einen kleinen Stapel Pappkartons auf und stellte sie an die Seite. »So was hab' ich ja schon ewig nicht mehr gesehen«, rief ich und hielt meine Entdeckung hoch.

»Was ist das?«

»Eine Krawattenpresse. Die muß ihrem Mann gehört haben.«

Barry brachte das große Portrait eines Mannes zum Vorschein, dessen Schnurrbart die Form eines Fahrradlenkers hatte. Mit stoischer Miene blickte er den Betrachter an. Ein barocker Goldrahmen faßte das Bild ein.

»Guck mal«, sagte er, »ihr Bankier.« Wir lachten.

»Jetzt schau dir das mal an«, sagte ich, als ich vorsichtig etwas hochhob, was wie ein Familienerbstück aussah. Es war eine reichverzierte Schatulle aus Nußbaum-Wurzelholz, die liebevoll geschnitzt und auf Hochglanz poliert war. Sie war ungefähr fünfundzwanzig Zentimeter breit, fünfunddreißig Zentimeter lang und fünfzehn Zentimeter tief, groß genug, daß ein Bogen Schreibpapier darin liegen konnte. Sie hatte zwei große Messingscharniere, die wie Stechpalmenblätter aussahen. Zwei Lederriemen liefen längs über den Deckel und wurden auf beiden Seiten von silbernen Beschlägen festgehalten. Vorne war eine kunstvolle, detailreiche Schnitzerei der Weihnachtsszene zu sehen. Barry kam herüber, um die Schatulle näher zu betrachten.

»So was habe ich ja noch nie gesehen«, sagte ich.

»Was ist das?« fragte Barry.

»Eine Weihnachtsschatulle. Zum Aufbewahren von Glückwunschkarten, Christbaumschmuck... weihnachtlichen Dingen eben.« Ich schüttelte sie vorsichtig. Nichts war zu hören.

»Was meinst du, wie alt die ist?« fragte Barry.

»Jahrhundertwende wohl«, vermutete ich. »Siehst du, wie liebevoll sie gearbeitet ist?«

Während er sie sich näher ansah, ließ ich meinen Blick durch den Raum schweifen und betrachtete die Arbeit, die noch vor uns lag.

»Wir beeilen uns besser«, jammerte ich. »Auf mich wartet heute abend noch eine Menge Arbeit.«

Ich stellte die Schatulle beiseite, und wir wandten uns wieder der Platzbeschaffung für unsere Siebensachen zu. Es war draußen dunkel, als wir endlich mit dem Entladen des Lasters fertig waren. Keri hatte schon längst die Küchenkartons ausgepackt, und das Abendessen wartete bereits auf dem Tisch, als wir nach unten kamen.

»Und, Schwester, was hältst du von eurem neuen Zuhause?« fragte Barry.

»Ich kann mich glatt an so viel Platz gewöhnen«, sagte Keri, »und an die Möbel.«

»Da solltest du erst ein paar von den Sachen oben auf dem Dachboden sehen«, sagte ich.

»Mom, wie soll der Weihnachtsmann denn unser neues Haus finden?« fragte Jenna besorgt.

»Ach, die Elfen vom Weihnachtsmann kümmern sich bestimmt darum«, versicherte sie ihr.

»Fraglich ist bloß, wie die Rentiere vom

Weihnachtsmann es schaffen sollen, oben auf dem Dach zu landen, ohne sich aufzuspießen«, witzelte ich.

Keri warf mir einen Blick von der Seite zu.

»Was heißt aufspießen?« fragte Jenna.

»Hör besser nicht auf deinen Dad, der will uns bloß ärgern.«

Barry lachte. »Müßt ihr nicht das Abendessen für die Hausherrin machen?« fragte er.

»Offiziell fangen wir am Montag an. Und morgen kocht sie sogar für uns. Jedenfalls hat sie uns eingeladen, mit ihr zu dinieren.«

»Ach, wirklich?« fragte ich.

»Sie war hier oben, kurz bevor ihr zwei runtergekommen seid.«

»Das kann ja heiter werden«, bemerkte ich.

Wir beendeten unsere Mahlzeit und machten den Abwasch, nachdem wir Barry ausgiebig für seine Hilfe gedankt hatten. Dann stürzte ich mich auf einen Berg von Quittungen und Geschäftsbüchern, während Keri Jenna zu Bett brachte.

»Kann Daddy mir eine Geschichte vorlesen?« fragte sie.

»Heute nicht, mein Schatz. Daddy muß ganz viel arbeiten.«

»Sie braucht auch gar nicht lang zu sein«, bettelte sie.

»Heute abend nicht, Schatz. Ein andermal.«

Ein enttäuschtes Kind wurde zugedeckt und schlief ein, voller Sehnsucht nach »einem anderen Mal.«

Die Bibelschatulle

Das Wort »Ruhetag« als passender Ausdruck für den Sonntag stammt sicherlich nicht von einer Mutter, die eine Familie für den Kirchgang zurechtzumachen hat. Aber das ist die Ironie der Frömmigkeit. Nachdem wir von der Kirche nach Hause kamen, stürzten wir uns sogleich darauf, unseren wunderbaren neuen Lebensstil zu genießen. In unserer alten Bleibe hatten wir so wenig Platz gehabt, daß wir ständig bemüht waren, unsere Sonntagnachmittage möglichst außerhalb der Wohnung zu verbringen. Jetzt verteilten wir uns und unsere Sachen genüßlich über den gesamten Flügel. Ich hielt ein Mittagsschläfchen vor dem Kamin im Wohnzimmer, während Keri im Schlafzimmer las und Jenna stillvergnügt im Kinderzimmer spielte. Das, was wir vielleicht an Familienzusammengehörigkeit einbüßten, machten wir durch zusätzlichen Seelenfrieden mehr als wett.

Um Viertel nach sechs weckte Keri mich, und nachdem wir uns frisch gemacht hatten, stiegen wir die Treppe zu Marys Eßzimmer hinunter. Es duftete verführerisch nach Roastbeef, Bratensoße und frischen Brötchen. Das Eßzimmer war geräumig, und auf dem Fußboden lag in typisch viktorianischer Manier ein farbenfroher Perserteppich, der fast bis zur Wand reichte, so daß am Rand nur noch ein Stückchen vom gebohnerten Parkettboden zu sehen war. Der Raum war rund um einen großen, rechteckigen Eßtisch mit einem weißen, spitzengesäumten Tischtuch angeordnet. Von der Decke hing in der Mitte des Tisches ein Kristallüster direkt über einer Vase mit frischgeschnittenen Blumen. In die nach

Osten zeigende Wand war ein eleganter Geschirrschrank eingelassen, in dem das exquisite Porzellan des Hauses zur Schau gestellt wurde. Die gegenüberliegende Wand wurde von einem offenen Kamin beherrscht, der wie jener im Salon reichlich verziert war, aber aus hellerem Holz bestand. Der Kaminaufsatz erstreckte sich bis zur Decke, und die Feuerstelle und die Kaminsohle waren in blauweißen Mustern gekachelt. Auf beiden Seiten des Kamins stand je ein Nußbaumstuhl mit hoher, geschnitzter Lehne und straff gespannter Haarfilzpolsterung.

Mary kam uns in der Tür entgegen und bedankte sich überschwenglich für unser Kommen.

»Ich freue mich so, daß Sie kommen konnten!« sagte sie.

»Es ist uns ein Vergnügen«, versicherte ich ihr.

»Sie hätten sich wirklich nicht so viel Mühe machen sollen«, sagte Keri.

Mary war eine perfekte Gastgeberin und hätte es nicht als angemessen empfunden, wenn die Einladung nicht mit viel Mühe verbunden gewesen wäre.

»Das war doch überhaupt keine Mühe«, antwortete sie sofort.

Die Platzdeckchen waren wunderschön und blütenrein, und die Porzellanteller hatten einen 24-Karat-Goldrand.

»Bitte setzen Sie sich doch«, bat sie und zeigte auf die Stühle. Wir nahmen Platz und warteten darauf, daß sie sich zu uns setzte.

»Ich pflege vor dem Essen zu beten«, sagte sie. »Würden Sie bitte mit mir beten?«

Wir neigten die Köpfe.

»Lieber Herr. Ich danke Dir für die Fülle, an der wir in dieser gesegneten Adventszeit teilhaben dürfen. Ich danke Dir für diese neuen Freunde. Bitte segne sie in ihren Nöten und Wünschen. Amen.«

Wir hoben die Köpfe.

»Danke«, sagte ich.

Mary hob die Serviette von einem Korb voll dampfender Brötchen, brach diese auseinander und legte eines auf jeden Teller. Dann füllte sie unsere Stilgläser mit

Wasser, und die mit Essen beladenen Platten wurden um den Tisch gereicht.

»Und, wie gefällt Ihnen Ihre Unterkunft?« fragte Mary.

»Haben Sie alles untergebracht?«

»Das haben wir«, antwortete Keri.

»War genug Platz auf dem Dachboden? Ich habe befürchtet, daß es ein bißchen eng werden könnte.«

»Reichlich«, beruhigte ich sie. »Sehr viele Möbel haben wir nicht.«

Ich nahm einen weiteren Löffel von meinem Teller und fügte hinzu: »Sie haben wirklich ein paar wunderschöne Sachen dort oben.«

Sie lächelte. »Ja. Das meiste davon stammt von David. David war ein leidenschaftlicher Sammler. Als Geschäftsmann hat er die ganze Welt bereist, und von jeder Fahrt hat er etwas mitgebracht. In seiner Freizeit eignete er sich eine Menge Wissen über Möbel und Antiquitäten an. Einige Jahre vor seinem Tod hat er mit dem Sammeln von Bibeln begonnen.«

Ich nickte interessiert mit dem Kopf.

»Sehen Sie die Bibel dort?« fragte sie. Sie deutete auf ein großes, ledergebundenes Buch, das allein auf einem schwarzen Lacktischchen mit Perlmutt-Einlegearbeiten lag. »Diese Bibel ist mehr als zweihundertfünfzig Jahre alt. Sie war eine von Davids Lieblingsbüchern«, erzählte sie freudig. »Er hat sie aus England mitgebracht. Sammler nennen sie die ›verruchte‹ Bibel. Beim ersten Druck beging der Drucker einen Fehler und vergaß im Zweiten Buch Mose das Wort ›nicht‹ im siebten Gebot. Dort heißt es jetzt: ›Du sollst ehebrechen.‹«

»Das ist ja furchtbar«, schmunzelte Keri.

Mary lachte laut. »Es stimmt aber«, sagte sie. »Sie können es nach dem Abendessen gerne nachschlagen. Die englische Krone legte dem Drucker eine Strafe von dreihundert Pfund für den Fehler auf.«

»Das war ein teurer Fehler«, sagte ich.

»Es war eine sehr beliebte Ausgabe«, sagte sie und lächelte schelmisch. »Im vorderen Salon liegt eine französische Bibel, die eine sogenannte Außensteg-Bemalung besitzt. Wenn man die Seiten nach hinten auffächert, wird ein Aquarell der Weihnachtsszene sichtbar. Das war eine Kunstform, die es nur in jener Zeit gab. Oben auf dem Dachboden ist ein Bibelkasten, den David dafür erworben hat, aber ich finde das Buch so schön, daß ich es draußen lasse.«

»Die Weihnachtsschatulle«, sagte ich.

Sie schien verwundert zu sein, daß ich von der Existenz der Schatulle wußte.

»Ja, sie ist mit einer geschnitzten Weihnachtsszene verziert – die Jungfrau Maria und das Jesuskind.«

»Ich habe sie oben gesehen. Sie ist wunderschön.«

»Sie stammt allerdings nicht aus Frankreich«, erklärte sie. »Ich glaube, sie kommt aus Schweden. In Skandinavien war die kunstvolle Verzierung von Holzkästchen sehr beliebt. Als David von uns ging, habe ich nicht wenige Anfragen nach den Bibeln erhalten. Abgesehen von der Bibel, die ich der Kirche gestiftet habe, und den dreien, die noch hier sind, habe ich alle verkauft. Von diesen dreien konnte ich mich einfach nicht trennen. David hatte solch eine Freude an ihnen. Sie waren seine kostbarsten Schätze.«

»Wo ist die dritte Bibel?« fragte ich.

»Ich bewahre sie im Wohnzimmer auf, für meine persönliche Lektüre. Es gibt sicherlich den einen oder anderen Sammler, der mir dafür am liebsten den Kopf abreißen würde, aber sie hat eine besondere Bedeutung für mich.« Sie schaute hinunter auf Jenna.

»Aber genug von diesen alten Sachen, jetzt erzählen Sie mir von Ihrer süßen Dreijährigen«, sagte sie freundlich.

Jenna hatte still dagesessen und vorsichtig ihr Essen probiert, weitgehend unbeachtet von uns dreien. Sie blickte schüchtern auf.

»Jenna wird im Januar vier«, sagte Keri.

»Ich werde so viel«, verkündete Jenna stolz und streckte eine Hand mit einem eingeknickten Fingerchen aus.

»Das ist ein herrliches Alter!« rief Mary aus. »Gefällt dir dein neues Zuhause?«

»Ich mag mein Bett«, sagte sie trocken.

»Sie ist froh, aus ihrem Gitterbettchen

herauszukommen«, erklärte Keri. »In unserer alten Wohnung war kein Platz für ein richtiges Bett. Sie war am Boden zerstört, als sie herausfand, daß sie die einzige in ihrem Ballettkurs war, die in einem Gitterbett schlief.«

Mary lächelte mitfühlend.

»Ach, apropos Ballett«, fiel Keri ein und wandte sich an mich. »Die Weihnachtsaufführung von Jennas Ballettgruppe ist diesen Samstag. Hast du Zeit?«

Ich runzelte die Stirn. »Leider nicht. Samstag wird viel los sein im Laden, mit den ganzen Hochzeiten im Dezember und den Bestellungen für Weihnachten.«

»Um diese Jahreszeit gibt es für Geschäfte wie das Ihre wohl besonders viel zu tun «, bemerkte Mary.

»Das stimmt«, antwortete ich, »aber im Januar wird es besser.«

Sie nickte höflich und wandte sich dann an Keri. »Nun, ich für meinen Teil bin jedenfalls sehr froh, daß es Jenna hier gefällt. Und falls Sie noch eine Begleitung brauchen, würde ich liebend gerne Richards

Platz einnehmen und zur Aufführung mitkommen.«

»Wir würden uns sehr freuen, wenn Sie uns begleiten könnten«, sagte Keri. Jenna lächelte.

»Dann ist das also abgemacht. Und«, sagte sie und sah Jenna an, »für die kleine Tänzerin habe ich einen Schokoladenpudding gekocht. Möchtest du etwas davon?«

Jenna lächelte.

»Ich hoffe, Sie haben nichts dagegen«, sagte Mary an uns gewandt. »Sie hat ihr Essen nämlich noch nicht aufgegessen.«

»Natürlich nicht«, sagte Keri. »Das ist wirklich reizend von Ihnen.«

Mary entschuldigte sich und kam mit einem Tablett in der Hand zurück, auf dem Kristallschälchen mit dampfendem Pudding standen. Sie gab Jenna das ihre zuerst.

»Der Pudding ist köstlich«, sagte ich und schob mir einen gehäuften Löffel voll in den Mund.

»Es war alles ganz hervorragend«, sagte Keri. »Vielen Dank.«

Die Konversation schlief etwas ein, während wir unseren Nachtisch genossen. Jenna brach das Schweigen als erste.

»Ich weiß, warum die Fliegen ins Haus kommen«, verkündete sie unvermittelt.

Wir sahen sie neugierig an.

»Ach wirklich?« fragte Mary.

Jenna sah uns ernsthaft an. »Sie kommen rein, um nach ihren Freunden zu gucken ...«

Wir mußten alle ein Lachen unterdrücken, während es dem kleinen Mädchen ganz ernst war.

»... und dann hauen wir sie tot.«

Keri und ich sahen einander an und prusteten los.

»Na, du bist mir ja eine richtige kleine Denkerin«, sagte Mary. Sie schmunzelte, beugte sich dann vor und umarmte Jenna.

»Ich würde gerne mein Glas erheben«, sagte Mary. Sie hob ein Kristallglas mit Wein.

Wir folgten Marys Beispiel, füllten unsere Gläser zur Hälfte mit dem rosigen Naß und erhoben sie ebenfalls.

»Auf eine neue Freundschaft und eine wundervolle Adventszeit.«

»Ich schließe mich an«, sagte ich mit Nachdruck.

»Auf eine wundervolle Adventszeit«, wiederholte Keri.

Der restliche Abend verlief in freundlichem Geplauder, das immer wieder von Lachen unterbrochen wurde. Als wir mit dem Essen fertig waren, priesen wir Mary ausgiebig für das köstliche Mahl und brachten das Geschirr in die Küche. Mary bestand eisern darauf, das Geschirr selbst abzuwaschen, so daß wir sie gegen unseren Willen mit dieser Aufgabe allein lassen mußten und nach oben in unseren Flügel zurückkehrten.

»Ich habe das Gefühl, als würde ich sie schon mein ganzes Leben lang kennen«, sagte Keri.

»Wie eine Großmutter«, bestätigte ich.

Jenna lächelte und rannte uns voraus die Treppe hoch.

Unser Zusammenleben nahm eine natürliche und selbstverständliche Offenheit an, die für alle Beteiligten sehr angenehm war. Keri und mir wurde schnell klar, daß Mary eine Familie bei sich aufgenommen hatte, weil sie sich nach Familienanschluß sehnte, und weniger, weil sie auf ihre Hilfe angewiesen war. Sie hätte problemlos Bedienstete anstellen können, wie sie es in der Vergangenheit ganz offensichtlich auch getan hatte, und sie schien sich außerordentlich zu bemühen, uns unseren Aufenthalt so angenehm wie möglich zu machen. Das ging so weit, daß sie für alles, was Keri oder ich als zu langweilig oder zeitraubend empfinden könnten, jemanden kommen ließ – es sei denn, besagte Aufgabe hatte einen familiären Charakter. Den Weihnachtsbaum nach Hause zu bringen war solch ein Fall. Nachdem Mary den größten, perfekt gewachsenen Baum am Platze ausfindig gemacht hatte, bot sie uns an, eine zweite Tanne für unsere Wohnung zu kaufen. Sie war überglücklich, als Keri vorschlug, daß wir uns miteinander am selben Baum erfreuen könnten. Wir brachten den Baum nach Hause, und nach vielem Hin und Her erfüllte der frische Duft von Tannengrün das Wohnzimmer. Es war nicht weiter verwunderlich, daß dieser Raum zu unserem beliebtesten Versammlungsplatz nach dem Abendessen wurde. Wir genossen Marys Gesellschaft ebensosehr, wie sie die unsere begehrte, und Jenna akzeptierte sie freudig als Ersatzgroßmutter.

*

Manche Menschen sind dafür geschaffen, für andere zu arbeiten. Nicht in einer hirnlosen, sklavischen Art und Weise – sie finden sich einfach besser in einem festgelegten Rahmen von täglichen Pflichten und Aufgaben zurecht. Andere kommen mit einem unternehmungslustigeren Geist auf die Welt und genießen ihren freien Willen und den Moment, wenn die Würfel fallen. Zu meinem großen Bedauern wurde ich von der Natur mit letzterem gesegnet. Offen gesagt hatte jener Geist mindestens genausoviel Anteil an meiner Entscheidung, in meine Heimatstadt zurückzukehren wie die Erinnerung an die stillen Straßen und schneebedeckten Berge, die ich in meiner Jugend geliebt hatte. Auch wenn der Verleih von Abendbekleidung heutzutage relativ weitverbreitet ist, war es damals doch etwas Neues, noch unerprobt und daher aufregend. Ein Freund, der sich in Bountiful, einem kleinen Ort nördlich von Salt Lake City, zu einer Hochzeit einfand, hat mir den Job verschafft. Bei diesem Fest lernte er meinen zukünftigen Partner kennen, einen geschäftstüchtigen Schneider, der kurz zuvor mit dem Verleih von prächtigen Brautkleidern begonnen und schnell herausgefunden hatte, daß ein noch größerer Bedarf an angemessener Ausstattung für die männlichen Partner der Bräute und Brautjungfern bestand.

Da Nachfrage das A und O des Gewinns ist, begann er mit großem Erfolg Smokings zu verleihen. Und genau zu dieser Zeit geschah es, daß mein Freund, der eben einen dieser Smokings trug, dessen Eigentümer ohne mein Wissen in eine lange Diskussion über Zustand und Zukunft seines Gewerbes verwickelte. Die Schilderung meiner überragenden Vermarktungsfähigkeiten machte solchen Eindruck, daß der Geschäftsmann mich unverzüglich anrief und mir nach vielen, vielen Ferngesprächen anbot, im Austausch gegen mein Fachwissen und eine kleine Bargeldzahlung, die Keri und ich zusammenkratzen konnten, bei ihm als Teilhaber einzusteigen. Diese Gelegenheit war mehr, als wir je hatten erhoffen dürfen, und das Geschäft ließ sich äußerst vielversprechend an.

Unter meiner Regie erweiterten wir unseren Kundenkreis. Wir druckten Kataloge und verschickten diese an Schneidereien und Brautausstatter, die nicht mehr im Einzugsgebiet unserer Stadt lagen. Diese fungierten dann als Verleiher unserer Anzüge, die sie an ihre Kundschaft weitergaben und dabei keinen kleinen Anteil am Gewinn einheimsten. Der Schriftverkehr, den unser neuer Geschäftszweig mit sich brachte, war gigantisch und kompliziert, doch der Erfolg meiner Ideen beflügelte mich, und ich wurde mehr und mehr von der vergleichsweise entspannten Atmosphäre meines Zuhauses ferngehalten. In der Sprache der modernen Geschäftswelt gibt es den weit verbreiteten Begriff der »Opportunitätskosten«. Dieser Ausdruck beruht auf der Annahme, daß der erfolgreiche Geschäftsmann alle Transaktionen dahingehend abwägt, welche Einbußen ihm dadurch entstehen, daß seine gesamten Ressourcen, besonders Zeit und Geld, begrenzt sind. Wenn die sehnsüchtigen Augen meiner Tochter mich von den goldenen Waagschalen aus angestarrt hätten, dann hätte ich vielleicht noch einmal darüber nachgedacht, was die wahren Prioritäten sind. So aber entschuldigte ich meine Abwesenheit von Zuhause vor mir selbst geschwind als Notwendigkeit und sagte mir, daß das Opfer sich eines Tages bezahlt machen und meine Familie mit mir zusammen die Früchte meiner Arbeit genießen würde. Wenn ich zurückblicke, dann begreife ich, daß ich diese Früchte ein wenig öfter auf ihre Bitterkeit hin hätte probieren sollen.

Der Traum, der Engel und der Brief

An jene Nacht, in der die Träume begannen, vermag ich mich nicht mehr genau zu erinnern. Die Engelsträume. Ich glaube an Engel, wenn auch nicht an die Bilderbuchsorte mit Flügeln und Harfen. Diese Ausstaffierung der Engel scheint mir ebenso unsinnig zu sein wie die von Teufeln mit Hörnern und Mistgabeln in der Hand. Für mich sind die Engelsflügel nichts weiter als Symbole ihrer Rolle als göttliche Botschafter. Trotz meiner zugegebenermaßen eher dogmatischen Ansichten in diesem Punkt störte es mich nicht, daß der Engel in meinem Traum mit ausgebreiteten Flügeln vom Himmel herabschwebte. Ehrlich gesagt war sogar das einzige, was ich an dem Traum bedenklich fand, seine regelmäßige Wiederkehr und sein merkwürdiges Ende. In dem Traum befinde ich mich allein auf einem großen, freien Feld. Die Luft ist erfüllt mit schöner, sanfter Musik, die so lieblich und melodisch dahinplätschert wie ein Gebirgsbach. Ich schaue empor und sehe einen Engel, der mit ausgebreiteten Flügeln ganz langsam vom Himmel herabschwebt. Und dann, als wir nur noch eine Armlänge voneinander entfernt sind, sehe ich in sein Cherubimgesicht, seine Augen blicken gen Himmel, und dann verwandelt sich der Engel in Stein.

Auch wenn ich vage in Erinnerung hatte, daß der Traum mich schon öfter als einmal seit unserem Umzug in das Parkinsche Haus heimgesucht hatte, schien er mit jedem Mal klarer und deutlicher zu werden. In dieser Nacht nun war er sehr lebendig, voller Farben, Geräusche und Einzelheiten, und mit seinem surrealen Charakter erfüllte er meinen ganzen Kopf. Ich fuhr aus dem Schlaf auf und erwartete, daß alle Spuren meiner nächtlichen Vision mit meinem nun wachen Bewußtsein verschwunden wären, aber dem war nicht so. In dieser Nacht war die Musik immer noch da. Eine sanfte, silbrige Melodie, gezupft, lieblich wie ein Wiegenlied. Ein Wiegenlied mit unbekanntem Ursprung.

Doch heute nacht hatte die Musik einen Ursprung.

Ich setzte mich im Bett auf und lauschte angestrengt, während meine Augen sich langsam an die Dunkelheit gewöhnten. Ich fand die Taschenlampe im Kiefernnachtschränkchen neben unserem Bett, zog einen Bademantel über und schlich leise aus dem Zimmer, der Musik folgend. Ich tastete mich den Flur entlang bis zum Kinderzimmer, wo ich haltmachte und zu Jenna hineinschaute. Sie schlief tief und fest, ohne sich von den Klängen stören zu lassen. Ich folgte der Musik bis ans Ende des Ganges und blieb dort stehen, wo die Melodie herzukommen schien – hinter der Tür zum

Dachboden. Ich umklammerte die Klinke und öffnete langsam die Tür. Die Taschenlampe erleuchtete den Raum und warf lange Schatten. Furchtsam stieg ich die Treppe hoch. Nichts rührte sich, und alles war still, abgesehen von der Musik. Als ich den Strahl der Taschenlampe durch den Raum wandern ließ, begann mein Herz schneller zu schlagen. Die Wiege war aufgedeckt. Das staubige, faltige Tuch, mit dem sie bedeckt gewesen war, lag jetzt zusammengeknüllt neben ihr auf dem Boden. Aufgeregt nahm ich den Dachboden weiter in Augenschein, bis ich den Lichtstrahl auf die Quelle der bezaubernden Störung gerichtet hatte. Es war die verzierte Schatulle, die Barry und ich an jenem Nachmittag entdeckt hatten, als wir unser Hab und Gut hier verstauten. Die Weihnachtsschatulle. Ich hatte nicht gewußt, daß sie Musik machen konnte. Wie merkwürdig, daß sie mitten in der Nacht zu spielen anfing. Ich schaute mich ein weiteres Mal um, um ganz sicher zu gehen, daß ich alleine war, und stellte die Taschenlampe dann auf den Boden, so daß ihr Strahl auf die Sparren fiel und den ganzen Dachboden erhellte. Ich hob die Schatulle hoch und suchte nach einem Knopf, mit dem man die Musik abstellen konnte. Die Kiste war staubig und schwer und sah kein bißchen anders aus als vor wenigen Tagen. Ich inspizierte sie genauer, konnte aber weder einen Schlüssel noch eine Feder noch irgendeinen bestimmten Mechanismus entdecken. Es handelte sich schlicht und einfach um eine Holzkiste. Ich öffnete den silbernen Verschluß und klappte langsam den Deckel auf. Die Musik verstummte. Dann hielt ich die Taschenlampe an die Schatulle, um sie genauer zu untersuchen. Ein paar alte Schriftstücke lagen darin. Ich faßte hinein und nahm das oberste Blatt heraus. Es war ein Brief. Ein handgeschriebener Brief, von den vielen, vielen Jahren brüchig geworden und leicht vergilbt. Ich versuchte, ihn im Schein der Taschenlampe zu entziffern.

Die Handschrift war schön und gut leserlich.

6. Dezember 1914

Mein Liebling,

Ich hielt inne. Mir hatte es noch nie sehr gelegen, in die Privatsphäre fremder Menschen einzudringen, und die Korrespondenz von jemand anderem zu lesen, behagte mir erst recht nicht. Warum ich trotzdem unfähig war, der Versuchung zu widerstehen und den Brief nicht zu lesen, war mir ebensosehr ein Rätsel wie das Schriftstück selbst. Der Drang war so stark, daß ich den Brief durchgelesen hatte, bevor ich auch nur einen weiteren Gedanken an diese Frage verschwenden konnte.

Wie kalt der weihnachtliche Schnee dieses Jahr erscheint ohne Dich. Selbst die Wärme des Feuers hilft wenig; sie erinnert mich bloß daran, wie sehr ich wünschte, daß Du wieder bei mir wärest. Ich liebe Dich. Wie sehr ich Dich liebe.

Ich hatte keine Ahnung, warum der Brief mich so magisch angezogen, noch welche

Bedeutung er hatte. Wer war dieser Liebling? War das hier Marys Handschrift? Er war ungefähr zwanzig Jahre vor dem Tod ihres Mannes geschrieben worden. Ich legte den Brief zurück in die Schatulle und schloß den Deckel. Die Musik fing nicht wieder zu spielen an. Ich verließ den Dachboden und kroch zurück in mein Bett, wo ich weiter über den Inhalt des Briefs grübelte. Das Rätsel, warum aus der Schatulle plötzlich Musik ertönt war, blieb vorerst ungelöst, und ebenso blieb die Frage unbeantwortet, wie dies überhaupt möglich war.

Am nächsten Morgen erläuterte ich einer nur mäßig interessierten Gattin die Vorfälle der Nacht.

»Du hast heute nacht also gar nichts gehört?« fragte ich. »Keine Musik?«

»Nein«, antwortete Keri, »aber du weißt ja, ich habe einen ziemlich festen Schlaf.«

»Merkwürdig«, sagte ich und schüttelte den Kopf.

»Du hast also eine Spieldose gehört. Was ist daran denn so merkwürdig?«

»So einfach ist die Sache ja nicht«, erklärte ich ihr. »Spieldosen funktionieren ganz anders. Spieldosen machen Musik, wenn man sie öffnet. Diese hier hat aufgehört zu spielen, als ich sie geöffnet habe. Und das Allermerkwürdigste ist, daß sie offenbar keinen Mechanismus hat.«

»Vielleicht hat ja dein Engel die Musik ertönen lassen«, zog sie mich auf.

»Kann sein«, sagte ich geheimnisvoll. »Vielleicht ist es eins von diesen übersinnlichen Erlebnissen.«

»Woher willst du überhaupt wissen, daß die Musik aus der Schatulle gekommen ist?« fragte sie skeptisch.

»Ich weiß es genau«, sagte ich. Ich sah auf und bemerkte, wie spät es schon geworden war. »Mist, ich muß doch heute den Laden aufmachen.« Ich warf mir den Mantel über und eilte zur Tür.

Keri hielt mich zurück. »Willst du Jenna keinen Abschiedskuß geben?« fragte sie ungläubig. Ich rannte zurück ins Kinderzimmer, um Jenna einen Kuß zu geben.

Mit einer abgerundeten Kinderschere in

der Hand saß sie mitten in einem Haufen zerfetzten Papiers.

»Daddy, kannst du mir beim Ausschneiden helfen?« fragte sie.

»Jetzt nicht, mein Schatz, ich bin schon viel zu spät für die Arbeit.«

Ihre Mundwinkel rutschten voller Enttäuschung nach unten.

»Wenn ich nach Hause komme«, versprach ich hastig. Sie saß schweigend da, während ich sie auf den Kopf küßte.

»Ich muß jetzt los. Wir sehen uns ja heute abend.« Ich stürzte aus dem Zimmer, vergaß beinahe das Mittagessen, das Keri neben die Tür gestellt hatte, und stapfte durch die grauen, mit Schneematsch bedeckten Straßen zu unserem Laden.

*

Jeden Tag, wenn die ersten hellen Streifen sich bei Sonnenaufgang über den morgendlich blauen Winterhimmel ausbreiteten, war Mary im vorderen Salon anzutreffen, wo sie behaglich in einem gemütlichen, dick gepolsterten Ohrensessel saß und ihre Füße am offenen Kamin wärmte. In ihrem Schoß lag die dritte Bibel. Die, die sie aufgehoben hatte. Dieses morgendliche Ritual vollzog sie schon seit Jahrzehnten, doch Mary konnte den genauen Tag benennen, an dem es begonnen hatte. Es war ihre »Morgengymnastik für den Geist«, wie sie Keri erzählt hatte.

Während der Adventszeit las sie ausführlich die Weihnachtsgeschichte, und hierzu hieß sie auch den kleinen ungeladenen Gast willkommen.

»Hallo, guten Morgen, Jenna«, sagte Mary.

Jenna stand im Türrahmen, immer noch in dem roten Flanellnachthemd, in dem sie fast jede Nacht schlief. Sie schaute im Zimmer umher und kam dann zu Mary gerannt. Mary umarmte sie herzlich.

»Was liest du da? Eine Geschichte?« fragte Jenna.

»Eine Weihnachtsgeschichte«, sagte Mary. Jennas Augen leuchteten auf. Sie kletterte auf Marys Schoß und suchte nach Bildern von Rentieren und dem Weihnachtsmann.

»Wo sind denn die Bilder?« fragte sie. »Und der Weihnachtsmann?«

Mary lächelte. »Das hier ist eine andere Weihnachtsgeschichte. Das hier ist die erste Weihnachtsgeschichte überhaupt. Sie handelt von dem kleinen Jesuskind.«

Jenna lächelte. Jesus kannte sie.

»Mary?«

»Ja, mein Herzblatt?«

»Kommt Daddy zu Weihnachten nach Hause?«

»Aber natürlich, mein Liebes«, versicherte sie ihr. Sie strich Jenna die Haare aus dem Gesicht und küßte sie auf die Stirn. »Du vermißt ihn, was?«

»Er ist immer so viel weg.«

»Wenn man ein neues Geschäft eröffnet, muß man viel und lange arbeiten.«

Jenna schaute betrübt zu ihr hoch. »Ist es bei der Arbeit schöner als hier?«

»Nein. Etwas Schöneres als ein Zuhause gibt es nicht.«

»Und warum will Daddy dann lieber dort sein als bei uns?«

Mary dachte darüber nach. »Wahrscheinlich vergessen wir das einfach manchmal«, antwortete sie und drückte das kleine Mädchen an sich.

*

Je näher die Feiertage kamen, desto mehr gab es im Laden zu tun. Wir waren froh über das gute Geschäft, wenngleich dies auch bedeutete, daß ich jeden Tag lange zu arbeiten hatte und erst spät abends nach Hause kam.

In dieser Zeit, als ich häufig weg war, hatte Keri sich angewöhnt, das Abendessen zusammen mit Mary in deren Wohnzimmer einzunehmen. Sie hatten es sich sogar schon zur Regel gemacht, nach dem Essen gemeinsam eine Tasse Pfefferminztee am Kamin zu trinken. Danach folgte Mary Keri in die Küche und half ihr beim Abwasch, während ich, wenn ich schon zu Hause war, im Wohnzimmer sitzen blieb und in den Geschäftsbüchern die Tagesbilanz eintrug. An diesem Abend fiel leise der Schnee vor dem Fenster und bildete einen wunderbaren Kontrast zum Zischen und Knistern des warmen Feuers, das im Kamin brannte. Jenna war nach oben ins Bett geschickt worden, und während Keri den Tisch abräumte, blieb ich zurück und vertiefte mich in einen Katalog mit den neuesten Kummerbund-Modellen und den dazu passenden Fliegen. Mary blieb an diesem Abend ebenfalls auf dem antiken Stuhl sitzen, auf dem sie ihren Tee zu trinken pflegte. Auch wenn sie Keri gewöhnlich in die Küche folgte, döste sie doch manchmal friedlich auf ihrem Stuhl ein, wenn sie ihren Tee ausgetrunken hatte, bis wir sie weckten und in ihr Zimmer brachten.

Mary setzte ihre Teetasse ab, drückte sich aus dem Stuhl hoch und ging zu dem Bücherregal aus Kirschbaumholz hinüber. Sie zog ein Buch aus einem der oberen Regale, staubte es ein wenig ab und streckte es mir entgegen.

»Das hier ist eine zauberhafte Weihnachtsgeschichte. Lesen Sie das Ihrer Kleinen vor.« Ich nahm das Buch aus ihrer ausgestreckten Hand und las den Titel:

Christmas Every Day von William Dean Howells.

»Vielen Dank, Mary, das werde ich tun.« Ich lächelte sie an, legte das Buch auf den Tisch und wandte mich wieder meinem Katalog zu. Sie ließ mich keinen Moment aus den Augen.

»Nein, jetzt gleich. Lesen Sie sie ihr jetzt gleich vor«, drängte sie. Ihre Stimme klang leidenschaftlich und bestimmt, und sie zitterte nur deshalb etwas, weil Mary nicht mehr die Jüngste war. Ich legte meine Broschüre zur Seite, betrachtete das Buch noch einmal und schaute dann in ihr ruhiges Gesicht. Ihre Augen glänzten und forderten mich auf, ihrem Wunsch nachzukommen.

»Na gut.«

Ich stand auf und ging hoch in Jennas Zimmer, während ich mich fragte, wann ich wohl meine Bestellungen erledigen sollte, und welchen Zauber dieses alte Buch enthalten mochte, daß es solch eine Dringlichkeit verlangte.

Oben lag Jenna still im Dunkeln.

»Bist du noch wach, mein Schatz?« fragte ich.

»Daddy, du hast heute abend vergessen, mich zuzudecken.«

Ich knipste das Licht an. »Das habe ich tatsächlich, da hast du recht. Wie wär's mit einer Gute-Nacht-Geschichte?«

Sie sprang mit einem so breiten Grinsen in ihrem Bett auf, daß es die gesamte kleine Kammer ausfüllte. »Was für eine Geschichte willst du mir erzählen?« fragte sie.

»Mary hat mir dieses Buch hier gegeben, das soll ich dir vorlesen.«

»Mary hat gute Geschichten, Dad.«

»Dann wird die hier auch gut sein«, sagte ich. »Erzählt Mary dir oft Geschichten?«

»Jeden Tag.«

Ich setzte mich auf die Bettkante und öffnete das alte Buch. Sein Rücken krachte ein wenig, als ich es aufschlug. Ich räusperte mich und fing an vorzulesen.

Das kleine Mädchen kam in das Arbeitszimmer seines Papas, wie es dies jeden Samstagmorgen vor dem Frühstück tat, und bat um eine Geschichte. Er versuchte, sich an jenem Morgen zu entschuldigen, weil er sehr viel zu tun hatte, aber es ließ ihn nicht…

»Der ist genauso wie du, Dad. Du hast auch immer viel zu tun«, stellte Jenna fest.

Ich schaute sie an. »Ja, da hast du wohl recht.« Ich las weiter.

»Na gut, es war einmal ein Schweinchen –« Das kleine Mädchen legte ihm eine Hand über den Mund und unterbrach ihn. Es sagte, es habe die Schweinchengeschichten schon so oft gehört, daß es sie nun nicht mehr leiden mochte.

»Nun gut, und was soll ich dir dann für eine Geschichte erzählen?«

»Von Weihnachten. Thanksgiving ist längst vorbei, und es ist doch schon fast Adventszeit.«

»Es will mir scheinen«, erwiderte ihr Papa, »daß ich dir schon genauso oft von Weihnachten erzählt habe wie von den kleinen Schweinchen.«

»Ganz egal! Weihnachten ist spannender.«

Im Gegensatz zu ihrem Pendant in der Geschichte war Jenna längst eingeschlafen, als ich die Erzählung zu Ende gelesen hatte. Auf ihren feinen Lippen lag ein sanftes Lächeln, und ich zog die Bettdecke bis dicht unter ihr Kinn. Ein friedlicher Ausdruck leuchtete auf dem kleinen Gesichtchen. Ich blieb einen Augenblick stehen, kniete neben dem Bett nieder und küßte sie auf die Wange, bevor ich zurück an meine Arbeit ging.

Als ich ins Wohnzimmer zurückkam, fand ich die schweren Vorhänge fest vorgezogen; die beiden Frauen, die zusammen in dem schummrigen, flackernden Licht des Kaminfeuers saßen, plauderten miteinander. Der gleichmäßige Klang von Marys Stimme schwebte beruhigend durch den Raum. Sie schaute auf und lud mich in die Runde ein.

»Richard, Ihre Frau hat mir gerade eine hochinteressante Frage gestellt. Und zwar, welcher unserer fünf Sinne in der Adventszeit wohl am meisten geschärft ist.«

Ich setzte mich zu ihnen.

»Ich mag alles an dieser Jahreszeit«, fuhr sie fort. »Aber ich glaube, was ich am meisten an Weihnachten liebe, sind seine Klänge. Die Glöckchen der Weihnachtsmänner an den Straßenecken, die altvertrauten Schallplatten auf dem Plattenspieler, die süßen, schiefen Stimmen, die Weihnachtslieder singen. Und der geschäftige Lärm in der Innenstadt. Das Knistern von Einwickelpapier und Tragetaschen aus dem Kaufhaus und die freudigen Weihnachtswünsche von Fremden. Nicht zu vergessen die Weihnachtsgeschichten. Die Weisheit eines Dickens und all derer, die diese Geschichten erzählen.« Sie schien eine Pause zu machen, um das Gesagte zu unterstreichen. »Ich mag die Klänge dieser Jahreszeit. Sogar die Geräusche dieses alten Hauses verändern sich.«

Ich stimmte voll und ganz zu, sagte aber nichts.

Sie dachte weiter über das alte Haus nach. »Häuser wie dieses hier werden gar nicht mehr gebaut. Haben Sie die doppelflüglige Haustür bemerkt?«

Wir nickten beide.

»Früher, als es noch kein Telefon gab ...« Sie zwinkerte. »Ich bin eine alte Frau«, gestand sie, »ich kann mich noch an jene Zeiten erinnern.«

Wir lächelten.

»... Ganz früher ließen die Leute die Haustüre offenstehen, als Zeichen, daß sie Besucher empfangen würden. Und wenn die Tür geschlossen war, hieß das, daß sie nicht empfingen. Es hatte den Anschein, als ob die Tür damals immer offenstand, die gesamte Adventszeit über.« Sie lächelte wehmütig. »Heute kommt einem das albern vor. Sie können sich vorstellen, wie eisigkalt es in der Eingangshalle war.« Sie warf mir einen Blick zu. »Aber ich schweife vom Thema ab. Sagen Sie, Richard, was meinen Sie, welcher der fünf Sinne wird Ihrer Meinung nach zu Weihnachten am meisten geschärft?«

Ich schaute zu Keri hinüber. »Die Geschmacksnerven«, warf ich ohne langes Nachdenken ein. Keri rollte die Augen.

»Nein. Ich nehme alles wieder zurück. Ich

glaube, es ist der Geruchssinn. Nicht nur was das Essen anbelangt, sondern überhaupt. Ich erinnere mich noch, wie wir in der Grundschule mal Weihnachtsschmuck gebastelt haben, bei dem wir Gewürznelken in Apfelsinen gesteckt haben. Ich weiß noch, wie köstlich das den ganzen Advent über geduftet hat. Ich kann es immer noch riechen. Oder den Geruch von Duftkerzen, von heißem Punsch oder dickflüssigem Kakao an einem kalten Wintertag. Und der durchdringende Geruch der nassen Lederstiefel, wenn meine Brüder und ich vom Schlittenfahren nach Hause kamen. Die Düfte der Weihnachtszeit sind die Düfte der Kindheit.« Meine Worte verklangen, und wir saßen schweigend da, während wir alle vom lieblichen Schimmer weihnachtlicher Erinnerungen gefangengenommen waren und Mary langsam nickte, als hätte ich etwas Weises gesagt.

*

Es war der sechste Dezember. Bis Weihnachten waren es nur noch zweieinhalb Wochen. Ich war schon zur Arbeit gegangen, und Keri hatte mit ihrer täglichen Routine begonnen. Sie stapelte das Frühstücksgeschirr im Spülbecken zum Einweichen und ging dann die Treppe hinunter, um ein bißchen mit Mary zu plaudern und Tee zu trinken. Sie betrat das Wohnzimmer, wo Mary jeden Morgen saß und las. Mary war nicht da. In ihrem Sessel lag die dritte Bibel. Marys Bibel. Obwohl wir von ihrer Existenz wußten, hatten weder Keri noch ich sie je wirklich in Augenschein nehmen können. Sie lag, aufgeschlagen beim Evangelium des Johannes, auf dem Sitzkissen. Keri schob die Hand vorsichtig unter den Rücken der Bibel und hob sie sanft hoch. Sie war älter als die beiden anderen Bibeln, und ihre Schrift war verschnörkelter und feiner. Sie betrachtete sie näher. Die Druckerschwärze war etwas verlaufen. Sie fuhr mit dem Finger über die Seite. Sie war feucht, von unzähligen Tropfen genäßt. Tränen. Keri blätterte die goldumrandeten

Seiten behutsam um. Viele Seiten waren von Tränen durchweicht und fleckig geworden. Tränen, die schon viele Jahre alt waren. Ihre Nässe hatte die Seiten schon vor langer Zeit gewellt. Aber die aufgeschlagenen Seiten waren noch feucht. Keri legte das Buch zurück auf den Sessel und trat hinaus in die Eingangshalle. An der mit dem Familienwappen geschmückten Garderobe fehlte Marys dicker Wollmantel. Die innere Doppeltür stand offen, und vor der Haustür hatte sich geschmolzener Schnee auf dem kalten Marmorboden zu einer Pfütze gesammelt – Mary war offensichtlich ausgegangen. Ihre Abwesenheit machte Keri unruhig. Mary verließ das Haus nur selten am Vormittag, und wenn sie es tat, dann informierte sie Keri für gewöhnlich sehr ausführlich und Tage im voraus von der geplanten Unternehmung. Keri ging nach oben, bis sie eine Dreiviertelstunde später hörte, wie die Haustür aufging. Sie rannte nach unten, um Mary zu begrüßen, die naß und zitternd vor Kälte in der Tür stand.

»Mary! Wo sind Sie denn gewesen?« entfuhr es Keri. »Sie sehen ja völlig verfroren aus!« Mary schaute traurig hoch. Ihre Augen waren rot und verquollen.

»Es geht schon«, sagte sie und verschwand ohne weitere Erklärung den Flur entlang in ihrem Zimmer.

Nach dem Mittagessen zog sie sich wieder ihren Mantel über. Keri überraschte sie in der Halle, als sie gerade nach draußen gehen wollte. »Ich muß noch mal fort«, sagte sie nur. »Es kann sein, daß ich spät wiederkomme.«

»Für wann soll ich denn das Abendessen richten?« fragte Keri.

Mary antwortete nicht. Sie schaute Keri durchdringend an, dann trat sie hinaus in die schneidend kalte Winterluft.

Es war fast halb neun, als Mary an jenem Abend zurückkehrte. Keri hatte sich von Minute zu Minute mehr Sorgen über Marys merkwürdiges Verhalten gemacht und angefangen, ständig aus dem Balkonfenster nach ihr Ausschau zu halten. Ich war bereits von der Arbeit zu Hause und erwartete wie Keri ängstlich ihre Rückkehr, nachdem ich ausgiebig über die ganze Episode in Kenntnis gesetzt worden war. Wenn Mary vorher besorgt ausgesehen hatte, dann war sie jetzt ganz eindeutig völlig durcheinander. Ganz und gar gegen ihre Gewohnheit bat sie, das Abendessen alleine einzunehmen, lud uns dann aber ein, ihr zum Tee Gesellschaft zu leisten.

»Ich bin überzeugt, daß Ihnen mein Verhalten etwas eigenartig vorkommen muß«, entschuldigte sie sich. Sie setzte ihre Tasse auf dem Tisch ab. »Ich war heute beim Arzt wegen dieser Kopfschmerzen und den Schwindelanfällen, die mir in letzter Zeit zu schaffen gemacht haben.«

Sie machte eine unangenehm lange Pause. Ich spürte, daß sie etwas Schreckliches mitteilen würde.

»Er sagt, daß ich in meinem Gehirn einen Tumor habe. Er ist schon ziemlich groß und sitzt so, daß er nicht operiert werden kann.« Mary schaute jetzt starr geradeaus, fast durch uns hindurch. Trotzdem waren ihre Worte merkwürdig ruhig.

»Es gibt nichts, was man tun könnte. Ich habe meinem Bruder in London telegrafiert. Ich dachte, Sie sollten das wissen.«

Keri legte als erste ihre Arme um Mary. Ich umarmte die beiden, und so saßen wir schweigend da. Keiner konnte ein Wort herausbringen.

*

Verdrängung ist wohl eine unvermeidliche Reaktion, um mit den Wechselfällen des Lebens fertigzuwerden. Die folgenden Tage verstrichen zum größten Teil ereignislos, und es wurde immer verführerischer, sich falschen Hoffnungen hinzugeben und vorzumachen, daß alles in Ordnung sei und Mary bald wieder genesen würde. Doch sobald wir das taten, waren ihre Kopfschmerzen augenblicklich wieder da, und die Wirklichkeit blies uns so eisig ins Gesicht wie die schneidenden Dezemberwinde. Es gab noch einen anderen seltsamen Wandel in Marys Verhalten. Marys Sorge über meinen Arbeitseifer schien merklich zu wachsen, und sie machte es sich zur Angewohnheit, meinen beruflichen Ehrgeiz immer häufiger zu bremsen. So geschah es auch an jenem Abend, als sie mir diese Frage stellte.

»Richard. Haben Sie sich schon jemals gefragt, was das erste Weihnachtsgeschenk war?«

Ihre Frage riß mich aus meinen Gedanken, die sich um den Wochenabschluß und andere geschäftliche Dinge drehten. Ich sah auf.

»Nein, darüber habe ich mir wirklich noch keine Gedanken gemacht. Wahrscheinlich Gold, Weihrauch und Myrrhe. Wenn diese Reihenfolge stimmt, dann war es wohl Gold.« Ich merkte, daß meine Antwort sie nicht zufriedenstellte.

»Wenn es in der Bibel eine Antwort auf Ihre Frage gibt, dann werde ich sie am Sonntag herausfinden«, sagte ich in der Hoffnung, die Angelegenheit habe sich damit erledigt. Doch Mary blieb unbeeindruckt.

»Das ist keine überflüssige Wissensfrage«, sagte sie bestimmt. »Es ist schon wichtig, daß man begreift, was das erste Weihnachtsgeschenk einst gewesen ist.«

»Das glaube ich Ihnen gerne, Mary, aber ich habe noch etwas Wichtiges zu tun.«

»Nein«, fuhr sie mich an, »Sie haben keine Ahnung, was wichtig ist.« Sie machte auf dem Fuße kehrt und verließ das Zimmer.

Ich blieb schweigend zurück, wie vor den Kopf geschlagen von dem Wortwechsel. Dann legte ich das Geschäftsbuch beiseite und ging die Treppe hinauf in unser Schlafzimmer. Als ich mich fürs Schlafengehen fertigmachte, stellte ich Keri die Frage, die Mary mir gerade gestellt hatte.

»Das erste Weihnachtsgeschenk?« fragte sie schlaftrunken. »Soll das eine Scherzfrage sein?«

»Nein, ich glaube kaum. Mary hat mich das gerade gefragt und war ziemlich außer sich, als ich die Antwort darauf nicht wußte.«

»Dann kann ich nur hoffen, daß sie mich nicht auch noch fragt«, sagte Keri, drehte sich auf die Seite und schlief ein.

Ich grübelte weiter über die Frage des ersten Weihnachtsgeschenkes nach, bis ich allmählich einschlummerte. Der Engel kam in dieser Nacht und verfolgte mich in meinen Träumen.

*

Am nächsten Morgen diskutierten Keri und ich am Frühstückstisch über das Gespräch vom vergangenen Abend.

»Ich glaube, daß der Tumor sich nun doch bei ihr bemerkbar macht«, sagte ich.

»Wie kommst du darauf?« fragte Keri.

»Ihr Verstand. Sie fängt an, den Verstand zu verlieren.«

»Sie verliert nicht den Verstand«, sagte sie bestimmt. »Sie ist genauso gut beieinander wie du oder ich.«

»Du scheinst das ja ganz genau zu wissen«, sagte ich beleidigt.

»Ich bin den ganzen Tag mit ihr zusammen. Da merkt man das.«

»Und warum verhält sie sich dann so komisch und stellt mir merkwürdige Fragen?«

»Ich glaube, sie versucht, dir etwas zu sagen, Rick. Ich weiß nicht, was es ist, aber es gibt da irgend etwas.« Keri ging hinüber zum Küchenschrank und stellte ein Glas Honig auf den Tisch. »Mary ist der warmherzigste und aufgeschlossenste Mensch, den ich je kennengelernt habe, außer...« Sie hielt inne. »Hast du je das Gefühl gehabt, daß es etwas gibt, was sie vor uns verbirgt?«

»Was denn?«

»Etwas Tragisches. Etwas furchtbar Tragisches. Etwas, das einen prägt und einen die Welt nie mehr so sehen läßt wie vorher.«

»Ich habe keine Ahnung, wovon du sprichst«, sagte ich.

Plötzlich traten Keri Tränen in die Augen. »Ich verstehe es im Grunde auch nicht so richtig. Aber ich weiß, daß es etwas geben muß. Hast du jemals die Bibel gesehen, die sie im Wohnzimmer liegen hat?«

Ich schüttelte den Kopf.

»Die Seiten sind ganz fleckig vor lauter Tränen.« Sie wandte den Kopf ab, um sich zu sammeln. »Ich glaube einfach, daß es einen bestimmten Grund gibt, warum wir hier sind. Sie will dir irgend etwas sagen, Rick. Du hörst bloß nicht richtig hin.«

Der Engel aus Stein

Die Unterhaltung mit Keri hatte mich verwirrt, aber zugleich auch neugierig gemacht. Als ich nach draußen auf die schneebedeckte Straße schaute, sah ich Steve, der den Schnee von seinem Auto kratzte.

Mir kam die Idee, daß er vielleicht für all das eine Erklärung haben könnte. Ich rannte nach oben zur Weihnachtsschatulle, nahm den obersten Brief und rollte ihn vorsichtig zusammen. Dann verstaute ich ihn in der Innentasche meines Wintermantels, schlüpfte unbemerkt aus dem Haus und überquerte die Straße. Steve begrüßte mich herzlich.

»Steve, Sie kennen Mary doch schon lange.«

»Mehr oder minder mein ganzes Leben lang.«

»Es gibt da etwas, was ich Sie gerne fragen würde.«

Er hörte den ernsten Ton in meiner Stimme und legte den Eiskratzer beiseite.

»Es geht um Mary. Sie wissen ja, daß sie uns so nahesteht wie eine Familienangehörige.« Er nickte. »Es scheint etwas zu geben, was sie auf dem Herzen hat. Wir würden ihr gerne helfen, aber wir wissen nicht, wie. Keri glaubt, daß sie irgend etwas geheimhält. Wenn das der Fall ist, dann habe ich vielleicht einen Hinweis gefunden.« Ich senkte den Blick, weil es mir peinlich war, daß ich den Brief in der Hand hielt. »Na ja, ich habe auf dem Dachboden in einer Schatulle diese Briefe gefunden. Ich glaube, es sind Liebesbriefe. Ich hatte gehofft, daß Sie vielleicht etwas Licht in die Sache bringen könnten.«

»Zeigen Sie mal her«, sagte er.

Ich reichte ihm den Brief. Er las ihn und gab ihn mir dann zurück.

»Das sind Liebesbriefe, aber nicht an einen Geliebten.«

Ich muß verwirrt ausgesehen haben.

»Ich glaube, Sie sollten etwas sehen. Ich werde an Heiligabend bei Mary hereinschauen. Dann zeige ich es Ihnen. Gegen fünfzehn Uhr komme ich vorbei. Dann werden Sie alles verstehen.«

»Sehr schön«, sagte ich. Ich steckte den Brief wieder in meine Manteltasche und fragte nach einer Pause: »Steve, haben Sie sich je gefragt, was wohl das erste Weihnachtsgeschenk war?«

»Nein. Warum fragen Sie?«

»Ach, nur so.« Ich ging zurück zu meinem Wagen und fuhr zur Arbeit.

Es war, wie mittlerweile die Regel, mal wieder viel los im Laden. Ich half angehenden Bräuten, Stoffmuster aus buntem Taft für die farblich passenden Accessoires auszusuchen, assistierte bei der Wahl zwischen breiten oder schmalen Krawatten und riet zu gefältelten Hemden mit Umschlagmanschetten und Smokingkragen oder zu schlichten Hemden mit knalligen Fliegen. Eine große Hochzeitsgesellschaft hatte ihre Kleiderbestellungen samt der entsprechenden Maße aufgegeben. Vom Bräutigam hatte ich die verlangte Anzahlung erhalten, und natürlich hatte ich dem Paar dafür gedankt, daß es unser Geschäft beehrt hatte, und ihm hinterher gewinkt. Dann wandte ich mich einem jungen Mann zu, der still am Ladentisch gestanden und auf meine Aufmerksamkeit gewartet hatte.

»Kann ich Ihnen behilflich sein?« fragte ich.

Er blickte auf den Ladentisch und trat verlegen von einem Fuß auf den anderen. »Ich brauche einen Anzug für einen kleinen Jungen«, sagte er leise. »Er ist fünf Jahre alt.«

»Kein Problem«, sagte ich. Ich zog ein Leihformular hervor und begann es auszufüllen. »Braucht sonst noch jemand in der Gesellschaft einen Anzug?«

Er schüttelte den Kopf.

»Soll er bei der Trauung die Ringe halten?« fragte ich. »Dann sollten wir nämlich seinen Anzug mit dem des Bräutigams abstimmen.«

»Nein, das wird er nicht.«

Ich machte eine entsprechende Notiz auf dem Formular.

»Gut. Für welchen Tag möchten Sie den Anzug reservieren?«

»Wir würden den Anzug gerne kaufen«, sagte er ernst.

Ich legte das Formular beiseite. »Das würde ich Ihnen aber nicht empfehlen«, erklärte ich. »Jungs wachsen in diesem Alter so schnell. Ich würde an Ihrer Stelle etwas leihen.«

Er nickte nur.

»Ich möchte nur vermeiden, daß Sie enttäuscht sind. Der Rock kann in der Länge nicht ausgelassen werden, nur die Ärmel und die Hosenbeine kann man verlängern. Es kann gut sein, daß er in weniger als einem Jahr aus dem Anzug herausgewachsen ist.«

Der Mann hob den Kopf und sah mir zum

ersten Mal in die Augen. »Wir werden ihn darin begraben«, sagte er leise.

Die Worte trafen mich wie Hammerschläge. Ich schaute weg, um den leblosen Blick seiner Augen nicht länger ertragen zu müssen.

»Das tut mir leid«, sagte ich. »Ich will Ihnen gerne behilflich sein, etwas Passendes zu finden.«

Ich suchte einen Kleiderständer mit Knabenanzügen ab, aus dem ich ein wunderschönes blaues Jacket mit Seidenrevers hervorzog.

»Dieses hier ist eines meiner persönlichen Favoriten«, sagte ich ernst.

»Das ist eine hübsche Jacke«, sagte er. »Die wird schon richtig sein.« Er reichte mir einen Zettel mit den Maßen des Jungen.

»Ich werde die Änderungen auf der Stelle vornehmen lassen. Sie können den Anzug morgen nachmittag abholen.«

Er nickte.

»Ich werde mich darum bemühen, daß Ihnen ein Preisnachlaß auf das Jackett gewährt wird.«

»Ich bin Ihnen sehr verbunden«, sagte er. Er öffnete die Tür und trat nach draußen, wo er mit dem reißenden Fluß der Menschenmassen verschmolz, der zur Weihnachtszeit die Bürgersteige füllte.

*

Während ich den Morgen damit zubrachte, Rocksäume auszumessen, und überprüfte, welche Smokings noch zur Verfügung standen, war Keri mit ihren Pflichten beschäftigt. Sie hatte Jenna zu essen gegeben, gebadet und angezogen und sich dann an die Zubereitung von Marys leichtem Mittagessen gemacht. Sie pochierte ein Ei, belegte damit ein warmes Brötchen und krönte das Ganze mit einem Löffel Sauce Hollandaise. Dann nahm sie den pfeifenden Teekessel vom Herd und goß eine Tasse Pfefferminztee auf, stellte alles auf ein Tablett und trug es ins Eßzimmer.

Sie rief in den Flur: »Mary, Ihr Mittagessen ist fertig.«

Darauf ging sie zurück in die Küche, füllte das Spülbecken mit heißem Seifenwasser und begann mit dem Abwasch. Einige Minuten später trocknete sie sich die Hände ab und schaute noch einmal im Eßzimmer nach, ob Mary noch etwas benötigte. Das Essen war unangetastet. Keri sah im Wohnzimmer nach, aber die Bibel lag unberührt auf ihrem Regal. Sie schaute nach dem Kleiderständer in der Eingangshalle und fand Marys Wintermantel an seinem gewohnten Platz. Sie ging den Flur hinunter zum Schlafzimmer und klopfte leise an die Tür.

»Mary, Ihr Mittagessen ist fertig.«

Sie erhielt keine Antwort.

Keri drehte vorsichtig am Türknauf und öffnete die Tür. Die Vorhänge waren noch zugezogen, und das Zimmer lag still und dunkel da. Im Bett konnte sie einen Umriß erkennen, der regungslos unter der Decke lag. Angst überkam sie. »Mary! Mary!« Sie stürzte zum Bett. »Mary!« Sie legte die Hand an Marys Wange. Sie war warm und schweißbedeckt. Mary atmete flach. Keri griff nach dem Telefonhörer und rief einen

Krankenwagen. Sie schaute zum Fenster hinaus. Steves Auto stand noch in der Einfahrt. Sie rannte auf die andere Straßenseite und hämmerte an seine Tür. Steve öffnete ihr und erkannte sofort die Verzweiflung auf Keris Gesicht.

»Keri, was ist denn los?«

»Steve! Kommen Sie schnell! Irgend etwas Schlimmes ist mit Mary passiert!«

Steve folgte Keri zurück ins Haus und in das Zimmer, in dem Mary bewußtlos auf dem Bett lag. Steve nahm ihre Hand. »Mary, hören Sie mich?«

Mary hob erschöpft ein Augenlid, sagte aber nichts. Keri stieß einen kleinen Seufzer der Erleichterung aus.

Von draußen hörte man die Sirene des Krankenwagens näher kommen. Keri rannte hinaus und führte die Sanitäter durch den dunklen Flur zu Marys Zimmer. Sie hoben Mary auf eine Tragbahre und trugen sie zum Fahrzeug. Keri schnappte sich Jenna und folgte in Marys Auto dem Krankenwagen ins Krankenhaus.

Ich traf Keri und den Arzt vor Marys

Krankenzimmer. Keri hatte mich im Geschäft angerufen, und ich war so schnell wie möglich herbeigeeilt.

»Das stand zu erwarten«, stellte der Arzt sachlich fest. »Sie hat bisher ziemlich viel Glück gehabt, aber jetzt hat der Tumor angefangen, auf lebensnotwendige Teile des Gehirns zu drücken. Das einzige, was wir tun können, ist, ihr das Leiden so weit wie möglich zu erleichtern. Ich weiß, daß das nicht sehr ermutigend ist, aber so sieht die Sache nun einmal aus.«

Ich legte den Arm um Keri.

»Hat sie schlimme Schmerzen?« fragte Keri.

»Erstaunlicherweise nicht. Ich hatte mit größeren Kopfschmerzen gerechnet. Sie hat Kopfschmerzen, aber nicht so akut wie bei den meisten anderen Patienten. Die Kopfschmerzen werden von jetzt an mit Unterbrechungen auftreten und wieder verschwinden und sich erst allmählich dauerhaft einstellen. Mit dem Bewußtsein ist es nicht anders. Heute nachmittag hat sie gesprochen, aber man kann unmöglich vorhersagen, wie lange sie noch bei sich sein wird.«

»Wie geht es ihr jetzt?« fragte ich.

»Sie schläft. Ich habe ihr ein Beruhigungsmittel gegeben. Die Fahrt ins Krankenhaus war ziemlich anstrengend für sie.«

»Kann ich sie sehen?« fragte ich.

»Nein, es ist besser, wenn sie jetzt schläft.«

An jenem Abend schien es, als würde Marys Abwesenheit eine gähnende Leere in dem großen Haus entstehen lassen, und wir fühlten uns zum ersten Mal wie ungebetene Gäste in einem fremden Heim. Wir aßen etwas zu Abend, ohne viel miteinander zu reden, und gingen dann früh zu Bett in der Hoffnung, der beklemmenden Atmosphäre, die uns umgab, zu entkommen. Aber selbst meine merkwürdigen Träume, an die ich mich mittlerweile gewöhnt hatte, schienen von ihr beeinflußt zu werden. Die Musik ertönte wieder, aber ihr Klang hatte sich verändert und war eindringlicher geworden. Ob dies nun tatsächlich der Fall war oder ob ich mir das alles unter dem Eindruck der Geschehnisse des Tages nur einbildete, vermochte ich nicht zu sagen. Jedenfalls zog sie mich wie ein Sirenengesang hin zu der Weihnachtsschatulle und dem nächsten Brief.

6. Dezember 1916

Mein Liebling,

wieder ist eine neue Adventszeit gekommen. Die Zeit des Friedens und der Freude. Doch wie groß ist die Leere, die noch immer in meinem Herzen ist. Man sagt, daß die Zeit alle Wunden heilt. Doch selbst wenn die Wunden verheilen, hinterlassen sie Narben, Erinnerungsstücke an den Schmerz. Denk an mich, mein Liebes. Denk an meine Liebe.

*

Am Sonntagmorgen, es war Heiligabend, fiel der Schnee naß und schwer vom Himmel und lag am Nachmittag schon fast zehn

Zentimeter dick, als Steve mich am Gartentor traf.

»Wie geht es Mary heute?« fragte er.

»Ziemlich unverändert. Heute morgen war ihr sehr übel, aber davon abgesehen ist sie bei einigermaßen guter Laune. Keri und Jenna sind immer noch bei ihr im Krankenhaus.«

Er nickte voller Sorge. »Gut, dann lassen Sie uns mal gehen«, sagte er traurig. »Sie sollten unbedingt etwas sehen.«

Wir überquerten die Straße und stiegen nebeneinander die steile Auffahrt zu seinem Haus empor. Ich folgte ihm ums Haus herum in seinen Garten, nach wie vor im unklaren über unser Ziel. Der Garten stand voller großer Pappelbäume und wuchernder Eukalyptusbüsche. Er war ganz von einer hohen Steinmauer umgeben, die die Sicht auf den Friedhof, den ich dahinter wußte, versperrte.

»Hinter den Büschen dort ist ein schmiedeeisernes Tor«, sagte Steve und zeigte auf eine Hecke vor der Mauer. »Vor ungefähr vierzig Jahren pflanzte der damalige Besitzer diese Hecke, um den Zugang zum Friedhof zu verbergen. Er war schon fortgeschrittenen Alters, und die Vorstellung, jeden Tag auf den Friedhof schauen zu müssen, gefiel ihm nicht. Unsere Familie zog hier ein, als ich zwölf Jahre alt war. Wir Jungs brauchten nicht lange, bis wir das geheime Tor gefunden hatten. Wir machten ein Loch in die Hecke, so daß wir problemlos durch sie hindurch auf den Friedhof schlüpfen konnten. Der Küster ermahnte uns ständig, ja nicht auf dem Friedhof zu spielen, aber wir taten es trotzdem, bei jeder sich bietenden Gelegenheit. Stunden verbrachten wir dort«, erzählte Steve. »Es war herrlich zum Versteckspielen.«

Wir gelangten an das Tor. Die Farbe war von dem kalten, rostigen Eisen abgeplatzt, aber das Tor war immer noch stark und widerstandsfähig. Ein Vorhängeschloß hielt es verschlossen. Steve zog einen Schlüssel hervor und schloß das Tor auf. Beim Öffnen quietschte es. Wir betraten den Friedhof.

»An einem Wintertag spielten wir hier in der Nähe Verstecken. Ich hatte mich gerade vor meinem Freund versteckt, als er mich sah und anfing, mich zu jagen. Ich rannte durch den Schnee zum Ostteil des Friedhofs; dort spielten wir sonst nie. Einer unserer Freunde hatte geschworen, daß er dort das Wimmern eines Geistes gehört habe, und wir glaubten, daß diese Stelle verwünscht sei. Sie wissen ja, wie Kinder so sind.«

Ich nickte verständnisvoll, während wir durch den tiefer werdenden Schnee stapften.

»Genau hier rannte ich hindurch«, sagte er und zeigte auf ein Gebüsch dickstämmiger Koniferen, »und dann weiter um das Mausoleum herum. Als ich mich gerade hinter einem Grabstein zusammengekauert hatte, hörte ich ein Wehklagen. Selbst gedämpft durch den Schnee war es noch herzzerreißend. Ich spähte über den Grabstein hinweg. Da stand die Statue eines Engels mit ausgebreiteten Flügeln, ungefähr einen Meter hoch. Damals war sie neu und noch leuchtend weiß. Vor ihr auf dem Boden kniete eine Frau, das Gesicht im

Schnee vergraben. Sie schluchzte, als wollte ihr das Herz brechen. Sie hatte die Hände in den gefrorenen Boden geklammert, als hielte er etwas in sich fest, was sie unbedingt haben wollte – mehr als alles andere auf dieser Welt. Es schneite an jenem Tag, und mein Freund, der meinen Spuren gefolgt war, holte mich schnell ein. Ich bedeutete ihm, daß er still sein sollte. Mehr als eine halbe Stunde lang saßen wir zitternd da und sahen schweigend zu, wie der Schnee die Frau ganz bedeckte. Schließlich wurde sie still, stand auf und ging fort. Den Schmerz auf ihrem Antlitz werde ich nie vergessen.«

Genau in diesem Augenblick blieb ich wie angewurzelt stehen. Von weitem konnte ich die ausgebreiteten Flügel der verwitterten Statue eines Engels sehen. »Mein Engel«, murmelte ich. »Mein Engel aus Stein.«

Steve warf mir einen verständnislosen Blick zu.

»Wer ist hier begraben?« fragte ich.

»Sehen Sie selbst«, sagte er und winkte mich zu sich.

Ich folgte ihm hinüber zu der Statue. Wir gingen in die Hocke und wischten den Schnee vom Sockel des Grabmals. In das Marmorpodest waren oberhalb des Geburts- und des Todesdatums nur drei Worte eingemeißelt:

UNSER KLEINER ENGEL

Ich sah mir die Jahreszahlen genauer an. »Das Kind wurde nur drei Jahre alt«, sagte ich voller Bedauern. Ich konnte die Frau praktisch vor Augen sehen, naß und kalt, die Hände blaugefroren und frostzerbissen. Und da verstand ich. »Das war Mary, habe ich recht?«

Seine Antwort kam langsam und melancholisch. »Ja. Das war Mary.«

Der fallende Schnee ließ um uns herum eine traumgleiche Landschaft entstehen, die voller Einsamkeit war.

Eine lange Zeit schien vergangen zu sein, bevor Steve das stille Gedenken brach. »An jenem Abend erzählte ich meiner Mutter, was ich gesehen hatte. Ich erwartete, daß sie wütend auf mich sein würde. Statt dessen zog sie mich an sich und küßte mich. Sie sagte, ich solle da nie wieder hingehen und wir sollten die Frau in Ruhe lassen. Bis zum heutigen Tage war ich nie wieder hier. Jedenfalls nicht am Grab. Aber manchmal kam ich nahe genug heran, um sie weinen zu hören. Das zerriß mir beinahe das Herz. Mehr als zwei Jahre kam sie jeden Tag hierher, sogar im Frühling, wenn der strömende Regen den Boden in Matsch verwandelte.«

Ich wandte dem Engel den Rücken zu, steckte die Hände in die Manteltaschen und stapfte schweigend durch den Schnee. Wir waren am Haus angelangt, ehe einer von uns beiden etwas sprach. Steve blieb an seiner rückwärtigen Veranda stehen.

»Das Kind war ein kleines Mädchen. Sie hieß Andrea. Viele Jahre stellte Mary eine Holzschatulle auf das Grab. Sie glich etwas jenem Kästchen, das die drei Weisen in den Weihnachtskrippen in Händen halten. Ich vermute, daß das die Schatulle ist, in der Sie die Briefe gefunden haben.«

Ich murmelte ein Dankeschön und machte mich alleine auf den Weg nach Hause. Ich schloß die schwere Haustür auf und öffnete sie. Ein dunkles Schweigen lag über dem Haus. Ich ging die Treppe hoch zu unserem Flügel, weiter zum Dachboden und brachte die Weihnachtsschatulle zum erstenmal nach draußen ans Tageslicht. Ich stellte sie im Flur auf den Boden und setzte mich daneben. Bei Licht konnte ich die wahrlich bewundernswerte, kunstvolle Bearbeitung der Schatulle erst richtig erkennen. Im polierten Holz spiegelten sich der Flur und seine Einrichtung, und ein anmutiger Heiligenschein umgab die verzerrten Abbilder. Ich nahm den letzten Brief heraus.

6. Dezember 1920

Mein Liebling,

wie sehr ich mir wünschte, daß ich diese Dinge in Dein sanftes Gesichtchen sagen könnte und diese Schatulle hier leer aufgefunden werden würde. So, wie die Mutter Unseres Herrn das Grab, in das sie Ihn gelegt hatten, leer vorfand. Doch daraus können wir auch Hoffnung schöpfen, mein Liebes. Hoffnung, daß ich Dich eines Tages wieder umarmen und an meine Brust drücken kann. Denn Weihnachten hält ein wunderbares Geschenk für uns bereit. Er, der Herr, ist gekommen. Dies war das erste Weihnachtsgeschenk eines Vaters an Seine Kinder. Denn Er liebte sie und wollte bei ihnen sein. Erst jetzt, da ich spüre, daß meine Liebe zu Dir im Laufe der Zeit nicht abgenommen hat, sondern mit jeder wiederkehrenden Adventszeit nur noch größer wird, vermag ich das zu begreifen. Wie ich mich auf jenen glorreichen Tag freue, an dem ich Dich wieder im Arm halten werde. Ich liebe Dich, mein kleiner Engel.

Mutter

Der Engel

Ich legte den Brief zurück in die Schatulle, zog die Knie an meine Brust und vergrub den Kopf zwischen den Beinen. Mir drehte sich alles, und es war wie in einem Traum, in dem ein Puzzle auseinanderfällt und die Teile sich wieder zu einem neuen Mosaik zusammensetzen, so unwahrscheinlich es auch erscheinen mag, daß die Ecken und Kanten zusammenpassen sollen. Und trotzdem paßten sie.

Mir war jetzt klar, auf was Mary hinauswollte. Das erste Weihnachtsgeschenk. Der wahre Sinn des Weihnachtsfestes. Es klingelte mir in den Ohren von den Offenbarungen des Tages. Unten kündigte ein Klappern Keris Rückkehr an. Ich ging nach unten und half ihr herein.

»Ich bin nach Hause gekommen, um Jennas Abendessen zu machen«, sagte sie und ließ sich in meine Arme fallen. »Ich bin so müde«, schluchzte sie. »Und so traurig.«

Ich umarmte sie fest. »Wie geht es ihr?«

»Nicht sehr gut.«

»Leg du dich doch etwas hin, ich setze solange eine Suppe auf und mache Jenna fertig fürs Bett.«

Keri streckte sich auf dem Sofa aus, während ich Jenna das Nachthemd anzog, ihr zu essen gab und sie dann auf dem Arm nach unten ins Wohnzimmer trug.

Draußen war es dunkel, und der Raum war in das friedliche Licht der Christbaumbeleuchtung getaucht, da kein Feuer im Kamin brannte. Die Lichterketten leuchteten rhythmisch auf und verloschen wieder, wobei sie Schatten verschiedenster Formen und Farben warfen. Schweigend hielt ich Jenna auf dem Arm.

»Dad, kommt Mary nach Hause, um Weihnachten mit uns zu feiern?« fragte sie.

Ich fuhr mir mit der Hand durch die Haare. »Nein, ich glaube nicht. Mary ist sehr krank.«

»Muß sie sterben?«

Ich fragte mich, was das für mein kleines Mädchen bedeuten mochte.

»Ja, mein Schatz. Ich glaube, daß sie sterben muß.«

»Wenn sie stirbt, dann will ich ihr als erstes mein Geschenk geben.«

Sie rannte hinüber zum Christbaum und hob ein kleines, nicht sehr fachkundig eingewickeltes Päckchen hoch. »Ich hab' einen Engel für sie gebastelt.« Sie packte einen kleinen Pappengel aus, der mit Klebeband, Kleister und Büroklammern zusammengehalten wurde.

»Dad, ich glaube, daß Mary Engel gerne mag.«

Ich fing an, lautlos zu weinen. »Ja, das glaube ich auch.«

In der Stille der Lichter sahen wir dem Tod einer Freundin entgegen.

Draußen in der Eingangshalle konnte ich das Telefon klingeln hören. Keri ging dran und kam dann zu uns ins Wohnzimmer.

»Rick, das war das Krankenhaus. Mary liegt im Sterben.«

Ich packte Jenna warm ein und setzte sie zu Keri in den Wagen. Wir fuhren mit zwei Autos, damit einer von uns Jenna nach Hause bringen konnte, wenn es soweit war. Wir kamen am Krankenhaus an und öffneten zusammen die Tür zu Marys Zimmer. Eine einzelne Lampe erleuchtete schwach den Raum. Wir konnten Marys flachen Atem hören. Mary war wach und sah in unsere Richtung.

Jenna rannte ans Bett, streckte ihr Händchen durch die seitlichen Gitterstäbe und drückte Mary den kleinen Engel in die Hand.

»Ich hab' dir was mitgebracht, Mary. Das ist mein Weihnachtsgeschenk für dich.«

Mary hob das kleine Kunstwerk langsam in ihr Blickfeld und drückte die Kinderhand dann fest.

»Danke schön, mein Schatz.« Sie hustete

heftig. »Er ist wunderschön.« Dann lächelte sie in ihr Gesichtchen. »Du bist ein reizendes kleines Mädchen.« Sie strich Jenna mit der Hand über die Wange.

Unter Schmerzen drehte sie sich auf die Seite und streckte mir die Hand entgegen.

Ich trat an ihre Seite und nahm ihre Hand vorsichtig in meine.

»Wie fühlen Sie sich, Mary?«

Sie zwang ein Lächeln unter den Schmerzen hervor. »Haben Sie es schon herausgefunden, Rick? Wissen Sie, was das erste Weihnachtsgeschenk war?«

Ich drückte ihr innig die Hand.

»Sie haben mich verstanden, habe ich recht?«

»Ja. Das tue ich. Ich weiß, was Sie mir sagen wollten.«

Tränen liefen mir die Wangen hinunter. Ich atmete tief durch, um mich wieder zu fassen.

»Vielen Dank, Mary. Danke für das, was Sie mir geschenkt haben.«

»Sie haben die Briefe in der Weihnachtsschatulle gefunden?«

»Ja. Verzeihen Sie, daß ich sie gelesen habe.«

»Ach, das macht nichts. Ich bin froh, daß jemand die Briefe gelesen hat. Dazu wurden sie schließlich geschrieben.« Sie verstummte einen Augenblick lang.

»Ich möchte, daß Sie die Schatulle bekommen. Das soll mein Weihnachtsgeschenk für Sie sein.«

»Ich danke Ihnen. Ich werde sie immer in Ehren halten.«

Im Zimmer war es still.

»Andrea wartet«, sagte sie unvermittelt.

Ich lächelte. »Sie ist ganz nah«, sagte ich.

Sie lächelte mich noch einmal an und hob den Blick dann zu Keri.

»Danke für Ihre Freundschaft, meine Liebe. Sie hat mir viel bedeutet.«

»Gesegnete Weihnachten, Mary«, sagte Keri.

»Gott segne Sie, mein Kind«, erwiderte sie liebevoll. »Passen Sie gut auf Ihre kleine Familie auf.« Nachdenklich sah sie Keri an. »Aber das wird Ihnen bestimmt nicht schwerfallen.«

Mary schloß die Augen und sank zurück in ihr Kissen. Keris Augen wurden feucht, als sie Jenna auf den Arm nahm und aus dem Zimmer trug. Ich blieb zurück und streichelte die weichen, warmen Hände ein letztes Mal.

»Gesegnete Weihnachten, Mary«, flüsterte ich. »Sie werden uns fehlen.«

Mary öffnete wieder die Augen. Sie beugte sich dem Fußende des Bettes entgegen. Ein Lächeln breitete sich auf ihrem Gesicht aus, während eine einzelne Träne ihre Wange herunterkullerte. Sie sagte etwas, zu leise, um es verstehen zu können. Ich beugte mich nach vorne. »Mein Engel«, sagte sie noch mal. Dann folgte ich ihrem Blick zum Fußende des Bettes, aber da war nur der grüne Krankenhauskittel, der über die Stange gelegt war. Voller Trauer sah ich sie wieder an. Sie verläßt uns, dachte ich. In diesem Moment hörte ich die Musik. Die sanfte, süße Melodie der Weihnachtsschatulle. Zuerst leise, dann kräftiger, fröhlich und klar, als wollte sie den ganzen Raum erfüllen. Wieder schaute ich in das erschöpfte Gesicht. Es war voller Frieden. Ihre tiefliegenden Augen glitzerten, und sie lächelte zufrieden.

Da verstand ich und lächelte ebenfalls. Andrea war gekommen.

⁕

Als ich nach Hause kam, war es schon weit nach Mitternacht. Marys Bruder war in der Zwischenzeit aus London eingetroffen, und aus Höflichkeit hatte ich die beiden allein gelassen, damit sie die wenigen letzten Minuten miteinander verbringen konnten. Jenna war schon im Bett, und Keri hatte voller Traurigkeit die Weihnachtsgeschenke unter den Baum gelegt. Ich setzte mich in den Schaukelstuhl vor dem erleuchteten Weihnachtsbaum und ließ den Kopf in die Hände sinken. Irgendwo zwischen dem Engel und Marys Haus war mir etwas klargeworden. Das erste Weihnachtsgeschenk. Ganz plötzlich war mir ein Licht aufgegangen. In meinem Herzen spürte ich es. Das erste Weihnachtsgeschenk war die Liebe.

Die Liebe eines Vaters oder einer Mutter. So rein wie der erste Schnee an Weihnachten. Ich verstand, was Mary mich hatte lehren wollen. Ich stand auf und ging die Treppe empor, wo mein kleines Mädchen in ihrem Bett schlief. Ich hob den kleinen Körper hoch, hielt ihn ganz fest und trug Jenna zurück ins Wohnzimmer. Meine Tränen fielen in ihre Haare. Mein kleines Mädchen. Mein süßes kleines Mädchen. Wie töricht war ich gewesen, daß ich ihre Kindheit, ihre kostbare, so schnell vorüberziehende Kindheit hatte verstreichen lassen. Auf immer. Meinem jungen Geist erschien alles so ewig und unvergänglich. Mein kleines Mädchen würde immer mein kleines Mädchen bleiben. Doch der Lauf der Zeit würde mir zeigen, daß ich unrecht hatte. Eines Tages würde sie erwachsen sein. Eines Tages würde sie fortgehen und mich mit der Erinnerung an ihr Gekichere und mit Geheimnissen zurücklassen, die ich hätte erfahren können.

Jenna seufzte und kuschelte sich auf der Suche nach Wärme fester an mich. Ich drückte den kleinen Körper ganz dicht an meinen. Genau das bedeutete es, Vater zu sein: zu wissen, daß ich mich eines Tages umdrehen werde, und mein kleines Mädchen wird nicht mehr da sein. Das schlafende, kleine Mädchen zu sehen, und innerlich ein wenig zu sterben. Das Kind einen kostbaren, kurzen Augenblick im Arm zu halten und zu wünschen, daß die Zeit stillstehen möge.

Doch all das war jetzt nicht wichtig. Nicht jetzt. Nicht in dieser Nacht. Heute nacht war Jenna mein, und niemand konnte mir diesen Heiligen Abend nehmen. Wie weise Mary gewesen war. Mary kannte den wahren Sinn des Weihnachtsfestes. Das zeigten die Tränen in der Bibel. Mary liebte mit der reinen, zärtlichen Liebe einer Mutter, einer Liebe, die so tief war, daß sie alles geopfert hätte, nur um bei ihrer Tochter zu sein. Sie wußte, daß ich in meinem Streben nach Erfolg in dieser Welt Diamanten gegen Steine eingetauscht hatte. Sie wußte es, und sie liebte mich so sehr, daß sie mir half, dies zu begreifen. Mary hatte mir das schönste

Geschenk gemacht, das man zu Weihnachten bekommen kann. Die Kindheit meiner Tochter.

Epilog

Es war gegen neun Uhr morgens am ersten Weihnachtsfeiertag, als Marys Bruder uns anrief und mitteilte, daß Mary nicht mehr sei. Als der Anruf kam, saßen Keri und ich eng umschlungen auf dem Sofa im Wohnzimmer, umgeben von den Nachwehen des Geschenkeauspackens. Ich hob die Weihnachtsschatulle vom Kaminsims, wo wir sie zu Marys Gedenken aufgestellt hatten. Ich setzte das Kästchen neben der Feuerstelle auf den Boden und ließ die Flammen die Briefe verzehren, einen nach dem anderen, während Keri in verständnisvollem

Schweigen zusah. Endlich war die Schatulle leer.

Mary wurde neben der kleinen Engelsstatue begraben, die sie so treu besucht hatte. Während der Vorbereitungen zur Beisetzung, bei denen wir mithalfen, hatte das Bestattungsinstitut Keri gefragt, was in den Grabstein eingemeißelt werden sollte. »Eine liebende Mutter«, sagte sie nur.

Solange wir im Salt Lake Valley wohnten, kehrten wir jedes Jahr an Heiligabend an das Grab zurück und legten ein weiße Lilie zu Füßen des Engels mit den ausgebreiteten Flügeln nieder.

Keri und ich erlebten noch viele Adventszeiten in dem großen Haus, bis die Erben sich zum Verkauf entschlossen und wir ans südliche Ende des Tals zogen. In den Jahren, die seitdem verstrichen sind, wuchs unsere Familie von drei auf sechs an, und auch wenn die Ansprüche, die aus der Versorgung solch einer Familie erwuchsen, oft unstillbar erschienen, vergaß ich doch nie, was Mary mich an jenem Weihnachten lehrte.

Und bis zum heutigen Tag ist mir die Schatulle eine Quelle großer Freude geblieben. Auch wenn sie leer erscheint, enthält sie für mich doch stets all das, woraus das Weihnachtsfest besteht, den Quell allen Staunens in den Augen eines Kindes und den Ursprung allen Zaubers, den Weihnachten für mich für alle Zeiten haben wird. Mehr noch als alle Geschenke, mehr als der Glaube. Denn die wahre, mir heilige Botschaft der Schatulle ist noch eine andere: Es ist die reine Liebe eines Vaters oder einer Mutter zu ihrem Kind. Auch wenn die kalten Winde des Lebens die Herzen so vieler mit Frost überziehen, so vermag diese Botschaft das Herz doch stets vor den Stürmen des Lebens zu bewahren. Und so werde ich mein ganzes Leben lang nicht mehr jenen Zauber vergessen, den die Weihnachtschatulle mir einst offenbart hat.

Niemals.

In Memoriam

Die Engelsstatue, die der Autor
erwähnt, wurde bei einer großen
Überschwemmung zerstört, die das
Salt Lake Valley 1984 heimsuchte.

Ein neues Engelsdenkmal,
in Gedenken an alle, die Kinder
verloren haben, wurde auf demselben
Friedhof in Salt Lake City errichtet
und am 6. Dezember 1994 eingeweiht.

Der Autor möchte gerne alle,
die nach Salt Lake City kommen,
einladen, eine weiße Blume
zu Füßen der Statue
niederzulegen.

Inhalt